KB237657

문학과지성 시인선 208

聖 타즈마할

함성호 시집

문학과지성 시인선 208

聖 타즈마할

초판 1쇄 발행 1998년 2월 20일
초판 2쇄 발행 2011년 12월 28일

지 은 이 함성호
펴 낸 이 홍정선
펴 낸 곳 ㈜문학과지성사

등록번호 제10-918호(1993. 12. 16)
주   소 121-840 서울 마포구 서교동 395-2
전   화 02)338-7224
팩   스 02)323-4180(편집)   02)338-7221(영업)
전자우편 moonji@moonji.com
홈페이지 www.moonji.com

ⓒ 함성호, 1998. Printed in Seoul, Korea

ISBN 89-320-0985-6

문학과지성 시인선 208

聖 타즈마할

함성호

1998

아무것도 가지신 적 없는,
나의 어머니에게

시인의 말

돌아가야 할 길이 지워져버렸다
이젠, 이 어둠이 나의 길이구나

1998년 2월
함 성 호

차 례

▨ 시인의 말

카필라바스투의 동문[1]

——거기에서 당신이 얻은 것이 무엇인지는 모르겠지만
제 옆에서 얻을 수는 없는 것이었나요?[2]

빛나는 시들은 신을 명상한다[3] 메마른 강이 흐르는
그늘의 그물을 쓰고 사내는 대답하지 못했다 무수한
벽돌들이 밤바다의 성좌처럼 흩어져 있다 (저렇게 무
거운 세계가 이토록 가뿐하게 떠 있을 수 있다니) 벽
돌 속으로 엉킨 실타래처럼 갈래지어져 있는 소로, 모
든 것을 버려본 적이 있는 정처 없는 자의 운명은 그
렇게 상처입은 끝없는 길들을, 오래도록 노래하며 가
야 한다 비밀한 길들은 발자국을 간직하지 않는다 사
내의 발바닥에도 몇천분의 일 지도 같은 미세한 길들
이 사방으로 팔방으로 나 있었다 필시, 객사의 운명이
려니——신성한 강도 얼른 몸을 바꿔 타락을 드러내보
이고 저 강변의 보리수는 서서 죽었다 이제 나의 집은
여기이다
　(내가 버린 것들이 이렇게 무성하구나)
　다시 태어난다면 숲을 누이는 저 바람으로 태어나
리라 나 저 바람처럼 몸이 없는 마음으로만 떠돌다가
나, 또 몸의 울음으로 잉잉 전신주도 울리고, 다시는

저 너머를 꿈꾸지 않으리 (네가 나를 견디었구나) 온
몸에 향기로운 기름을 바르고 아름다운 음악과 산해진
미를 맛보며 마약과 섹스로 아아, 이 즐거운 생을 노
래한다 폐허, 폐허, 폐허, 썩은 연못과 잡풀에 가려진
길들: 당신이 없는 밤

　무너진 길들과 서로 다른 은하들이 충돌하여 우주
의 먼지 속으로 사라지는, 뜨거운 별들이 서서히 식고
나는 불의 온도 속에서 밖을 보았다 (어머니 또 혼자
계신다) 몸에 따르는 자 양세[4]를 얻으리라 흰 베옷을
입은 사내가 저 메마른 강을 건너는 마음의 무늬들,
무늬들

　내 정든 육신

선언문

그러니 차라리 이 썩은 냄새 풍기는 체제를 던져버리고, 그뒤에 일어날 결과를 받아들이는 편이 나을 것이다. ──유나바머 Unabomber

Unabomber [ju(:)nabamər] 버클리대 수학 교수였던 테어도르 존 카진스키로 추정됨. 저서로 『산업 사회와 그 미래 *Industrial Society And Its Future*』(1995, '워싱톤 포스트'와 '뉴욕 타임스'에 8번에 걸쳐 게재). 그는 우편물 폭탄으로 1978년 5월부터 1995년 4월까지 18년 동안 3명을 죽이고 23명을 다치게 했다. 유나바머라는 그의 이름은 주로 항공사와 대학을 테러 대상으로 삼은 데서 미 연방수사국 FBI이 붙여준 별명. 테러의 목적은 현대 산업 문명하에서의 인간성 상실을 경고했다. 결국 그는 20년 동안의 은둔을 끝내고 숲에서 체포당했다.

　──그 은자는 25년 간 현대적 생활을 포기했다
　──테러 대상 중의 한 명이었던 유나이티드 항공사 사장의 이름은 '퍼시 Wood'였고 폭탄은 '아이스 브라더스'라는, 나뭇잎을 회사 로고로 하는 'Arbor 하우스' 출판사에서 나온 책으로 위장되어 있었다
　──그의 테러는 은유로 가득 차 있었다

모든 길들이 나를 부른다

꽃의 제국―, 모든 길들이 나를 부른다
지도여, 지도여, 터벅터벅이여 저벅저벅이여, 소리
를 아는 귀여
사월 초파일과 아흐레의 밤이여
이 젓가락 장단 같은 생이여
상상하지 못할 길이여,
아무것도 보이지 않는 천지 사방이여
그 길, 그 길은 울창한 거울의 길
바퀴여, 몸의 상처여
걸어도 걸어도 해져도 내가 닿지 못하는 지적이여
이유 없는 억울함이여,
분통이여, 우우 나를 버린 그대여
부관참시의 사랑이여,
너무 막 살았음으로
너무 망가져버린 육신이여
성인의 말씀이 나를 망쳤다
당역을 정차하지 않고 지나는 검은 열차의
이끌어가는 힘과, 이끌려가는 힘이여
바람과 같이 걷는다
나는 빨리 이 첨단에서

보수로, 반동으로 나아가고 싶다
쉬어갈 그늘 하나 없는 이 길
물에 대한 그리움과는 상관없이 사막이여,
불의 갈증이여
너무 멀어져버린 처음이여
독자적으로 떨어져 있는 꼬리여
때로는 落果──, 모든 추락하는 의지는 한 세계를
버린다

슬픈 육신

나는 내 육체가 그것을 거부하는 것만큼의
정신적 호모이다 꽃잎, 저 빛의 나무를 보라
돌은 어떻게 자기의 완고함을 열어 피어나는가?
나는 미지에 손을 넣어 그 작은 새를 만지네
그 생살의 떨림을
내가 그 여자의 몸을 다 애무하고 났을 때
앙상한 여자는 뼈로 있었다
생선 가시처럼 누워 있다

빛은 어떻게 나를 관통하고 나아가는가
모래의 폭포, 작은 새들이 헤엄치네
아, 저 짙푸른 물의 소리
불우한 노래들——악기가 부른다
나는 어쩐지 다른 음계를 갖고 있네

다 먹었다 저 환한 빈 그릇
(나는) 주 예수를 믿으라 그리하면 너와 네 집이
구원을 얻으리라 하고,
성경을 禪적으로 오독한 적이 있다
구원이 모든 사람에게 열려 있으리라고

나는 생각하지 않았다
욕망이야말로 우리의 순리이다
내가 네가 아님을 알겠다
세계는 너의 세계이다
나는 둘이거나 갈래이다

작은 새, 나는 미지에 있네
그 꽃이 필 때
나는 일찍이 허망해져버린
내 삶의 피폐를 뒤돌아보았다
올챙이 시절이 없는
위태로운 한 장 나뭇잎 위의 고야개구리같이
나에게는 반성할 아무런 기억이 없다
나는 고독한 돼지이다
(이, 슬픈 육신)

이 화려한 유적지

우리의 문명은 언젠가는
저 길 위의 소실점을 향하여 소멸해갈 것이다
성수대교를 가득 메운
지루한 차량들의 소통 불능은
사라진 길을 질주하는 이십세기 문명의 무모를 전달
한다
이 다리 너머는 불통이고
또 그 너머는 단절이다
CCTV만이 모든 것을 알고 있다
속도는 속도를 망각하고
모든 피조물의 비애――도시를 낳은 것은 자연이라
는
이 위대한 모성의 패륜
너무 빠른 기억 속으로
현대는 이미 박물관 속에서 빛나고
내생으로의 산란을 기다리는
쥐라기의 화석 같은 타임 캡슐
이제 미래의 기억마저 저장하게 된
오, 이 화려한 유적지를 산보하는
호모 사피엔스 사피엔스

저 플로피 디스크의 깊이——비디오 게임은 조만간
우리를 禪의 세계로 이끌 것이다
아황산가스의 도시가 주는 죽음——, 구사일생으로
끝없는 다리 위에서
자기 비하적으로 구겨진 자동차를 보는 것은
우리의 죽음을 보는 것이다
때로는 한 순간에도 몰락을 이루거니와
우리가
우리의 발 밑에 깔린 개미의 불구를 모르듯이
신도 인류의 피폐를 개관한다

붕괴 직전

나는 내 그림자가 더 무겁다
구름의 그림자는 얼마나 깊은가
새들의 눈은 모든 평화를 본다
나에겐 그 새의 욕망이 한 점으로 보일 때
땅 위의 평화를 이루는/하늘엔 평화
미세한 권력들을 본다/땅 위엔 영광
전체는 얼마나 고요한가
거기에는 모든 위험이 먼지처럼 작아져 있다
내가 사라지고 마천루들이 사라지고
전장이 사라지고 에이즈가 사라지고
붕괴 직전이 들리지 않는 높이…… 그대가 사라져간다
이 평화로운 세상, 내일이 오늘과 또 나와
대체 무슨 관계가 있다는 말인가?
날으는 새는 지상을 부감하지 않는다
그래서 저 노고지리는 다시 자유로운 것이다
죽어도 나는 나의 구절을 수정하지 못한다
자신의 의지로 태어난 최초의 인간은 말한다
오, 이 이발소 그림 같은 세상
누구도 내 존재에 대해서 묻지 마라
환상 속에서의 반성은 곧 죽음이다

욕망이 너희를 자유롭게 하리라/진리가 너희를……
나를 자유케 하리라고 믿지 않았다
내 인생의 목표는 기차와 권총이다
니는 대본소 만화당에서 이미 인생을 깨우쳤다
내가 홀리고, 사로잡혔던 것들
굳건하다고 믿었던 것들이
허무하게 무너지는 세기이다

푸른 직육면체

—만약 그곳에 빛이 있었다면 나는,
　언제나 새롭게 존재하는
　모든 공간의 비밀을 엿볼 수 있었으리라

내가 푸른빛의 정원에서
절대의 공간을 상상하던 한 날
침묵의 나무가 내 머리 위에 심어져
가뿐한 물의 알갱이처럼 상승하는
환상을 보았다
그 짧은, 그러나 말할 수 없이 고독했던 비행
을 기억하는 동안 나는 유일했다
그것은 나에게 아주 작은 틈을 보여주었던 것이다
빛이 직진을 멈추었다
모든 것이 정지한 채로 부유했다
세포가 둥글게 확산되는 이 느낌과
돌아갈 곳 없는 자의 안식을
나는 이 푸른 직육면체의 공간을 떠돌았다
허공을 오르는 무한한 계단을 밟고
그 경계를 향해 여행했다
'곳'과 '것'에 매혹당한 자는

끝내 한곳에 머무르지 못하리라
시간이 사라지고 소리만 남아 있다
구름의 사유가 사물처럼 떠 있다
만약 그곳에 빛이 있었다면
모든 형태가 사라지는 새로운 구축을 볼 수 있었으리
직육면체——의 공간에서
푸른 사각형——의 천장이 흘러간다
고요 속에서 쏘아올려져
이제야 도달한 나의 빛
이것은 무엇의 그림자인가

聖 타즈마할

1

역사는 아무것도 기억하지 못한다 너는 나를 뉘우
치지 않는다 성전을 승리로 이끈 아프가니스탄의 전사
들이 이젠 서로에게 총부리를 겨누고 있다 안녕, 이
반! 무슨 소식이든 전해줘 나를 내 과거의 아름다웠던
삶과 연결시켜줘[5] 신촌 로터리에서 문익환 목사가 통
곡의 호명을 하고 있다 줄루족의 전사 스파이크 리가
흑인성에 대해서 백인처럼 반성하고 커트 코베인은 결
국 자신의 음악에 열광하는 청중들을 이해하지 못하고
죽었다(나는 권총 자살자들을 좋아한다: 권총은 아름
답다 그 환멸의 섹스로부터) 나는 죽어도 이해받지 않
으리라 당대여, 부디 나를 비껴가길

나는 이제 성 타즈마할[6]을 건축했다
마약의 길을 따라 모두 이곳에 오라

2

다 이루었다 그러나 나의 욕망은 처녀를 벗어던진
요니의 중심처럼 뜨겁고 나의 쾌락과 환희는 대가를
두려워하지 않는다 罪를 맞아 기꺼이 罰을 영접하라

나는 친자본주의자이다 타락에 의해 빚어진 육신을 슬
퍼하지 말지어다[7] 진정한 아웃사이더는 역사가 기억
하지 못하는 아웃사이더이다 왜, 기억은 기억을 배반
하는가? 왜, 말은 흔적이고 왜, 사랑은 엽기적인가?
네 살바기 어린애가 더 어린 자신의 동생을 아파트 베
란다에서 밀어 죽였다 이 통쾌한 본능! 이윽고 파멸에
이르러야 신의 이름을 찾는, 나는 이 생의 야유가 좋
다 나는 고민하지 않는 생을 즐기다 가련다 안녕, 사
물들아! 모든 집은 나에게 있어서의 상처였다

3

천지창조의 공간 성 타즈마할, 돌아가지 않는 탕아
들의 카타콤바에 오, 상처입은 짐승들의 무릉도원이
여, 비루한 지옥이여! 야훼로 말하자면 더 이상 이 지
상에 무슨 미련이 있어 구차한 인간의 기도에 귀기울
이고 있겠는가? 모든 것을 이룬 안식의 첫번째 날, 이
미 신의 욕망은 죽은 것이다 니체는 이것을 알았다

4

하여, 나는 숲을 배반했다 나는 자연을 부정하고 인

공을 예찬하는 위대한 허무주의자이다 저 도시의 불빛
을 보라[8] 살인과 근친상간과 약물 중독의 나의 성 타
즈마할 나는 죽을 때까지 신의 말씀과 싸울 것이다 오
해하지 마시길 이곳은 생명의 장소가 아니라 죽음의
장소이자 모든 환각과 약물의 성전이다 거대한 벽이
하얗게 사라지고 몸이 말로 化하는 상상의 기둥 사이
에서 빛을 보게 되리라 쿠르드 게릴라, 알코올 중독자
와 동성 연애자, 타밀 반군과 라마와 수피가 꽃과 죽
음과 향기에 대해서 노래한다 이 계단은 금지된 지식
으로 가는 입구이다

5

나는 마리화나로 깨달음을 얻겠다
푸른 폭풍의 한 날, 죽음의 강을 찾은 물고기처럼
우리는 서로의 혀를 핥아주고 해골의 유적지에서 잠들
었다 우리는 아무도 사랑하지 않았다 나는 장미의 중
심에서 보았다 너는 나의 빛을 받으라

에드우드[7]

리사이틀, 잭나이프, 나는 양아치처럼 살았다[6]
모더니즘과 전쟁, 그 순수, 결벽증, 완벽함이 주는
완전성의 환상과 대량 학살
[1]그메르 루즈이 순수와 보스니아의 인종 청소는 모더니
즘―순수, 결벽, 도착―청소―학살의 도식으로 귀착된다.
그것이 의복 도착이든 성도착이든 모든 도착 증세는 곤충처
럼 완벽한 환골탈태를 전제한다. 혁명도 일종의 도착증과
무관하지 않다. 나와 역사는 무관한 관계이다.

그리고, 한국의 근대는 내 간질을 악화시켰다

나는 베르베르와 팀 버튼, 티모시 리어리에게 열광
에 찬 팬 레터를 보냈다

[2]그들의 지식은 나를 해방시킨다. 그 끊임없는 볼거리와
터무니없는, 황당한 백과사전 外의 지식들,

야유와 조롱, 교훈이 없는 문장처럼

나는 의미가 아닌 흔적을 본다[3] 깊은 환각에 나를
맡기듯

[3]나는 기술*description*을 통해 자취(흔적 *scratch*)를 보여
주고 싶다.[9] 나는 '무엇' 인가를 '한다.' 그 外는 하나도 중
요하지 않다.

그것이 바로 B급의 진정성이다

기록의 완벽성과 완벽한 일회성의 광기

[4]베를린 필의 지휘자였던 첼리 비다키는 일체의 녹음을 거부한 것으로 유명하다. 그는 언제나 일회성의 완벽한 연주를 이끌어냈고, 그 때문에 과중한 연습으로 단원들의 미움을 사 결국 쫓겨나고 말았다. 미국의 음악가 글렌 굴드는 반면에 거의 편집적으로 녹음에 집착했고 연주회를 기피했다. 그는 완벽한 녹음을 위해 단원들의 사소한 실수도 용납하지 않았다.

그 B급의 광기를 아는 자들은 이렇게 말할 자격이 있다

'사람들은 그런 사소한 것들에는 신경쓰지 않는다'고

[5]팀 버튼의 영화 「에드우드」에 나오는 에드워드 디 우드의 말. 그에게는 영화를 만드는 일 자체가 중요했다. 어떤 영화를, 어떻게 만드느냐 하는 것은 별로 중요한 일이 아니었다. 그는 영화 자체에 홀린 자이다.

악보를 읽을 줄 몰랐던 천재 기타리스트 지미 헨드릭스

나는 그가 어떻게 폼을 잡아낼 수 있었는지 안다

[6]사실 나는 맹인과 다를 게 없다. 나는 다른 현실을 본다. 다른 현실을 보는 몸. 나는 비역사적인 양아치이다.

양아치 같은 놈들, 그런 놈들은 언제나
순간순간에 진실했다 그리고 나는 항상 그 순간에
매혹당했다.
　살아 있는 동안 그는 사상 최악의 영화 감독이었다
그러나 나는 그가 만들고 싶었던 영화를 보았다
나는 불멸을 보았던 것이다

범:람(氾濫·汎濫)

①멋지게 망하기는 다 틀렸어/그때/그 아우성치는 강가에서/너는 무슨 말을 했던가?/이젠 끝이야/우리에게 남은 길은 약물 남용/아니면 죽을 때까지/의사와 상의하며 살아가는 길이야/그게 삶이냐?/씨발놈들/그래,/너는 죽을 때까지/체제와 상의하며 살아라/그리운 강가/악다구니/축배/그리고/지랄발광의 《동》madness ②옛날 집을 찾아갔다 물 속의 느티나무; 저 사랑의 자세; 고요해라 저 벙어리 강은

하 천	하상 계수
한 강	1 : 393
낙 동 강	1 : 372
금 동 강	1 : 299
라 인 강	1 : 8
콩 고 강	1 : 4

③꽃의 아이들아, 이 푸르른 제국——저녁의 청색 시대로 오라

아무 기다림도 없이 무심히 흐르는 강을 건너오는 것
들 마음은 언제나 어두운 골목에 있었고 봄꽃 화사한
저녁의 강가는 환장하게 푸르다/푸르다/푸르다 綠·
碧·滄·蒼·靑·翠 ④이 강은 바다에 이르지 못한다
유랑하는 호수/이/호모 같은 새끼/그래, 난 호모다
/너의 후장을 노려왔어/뭐?/뭐라구? /이젠 지쳤어
/아무리 애써도 이 강가를 벗어나지 못한다
로프노에르: 방황하는 호수 타클라마칸 사막의 타림
강은 이 호수로 흘러든다.

신은 주사위 놀이를 즐기는 중이다

썩는다, 이 악취
오, 그리운 이 부패의 향기
신은 주사위 놀이를 즐기는 중이다
사랑은, 우리의 생은 확률이거나 우연일 뿐이었다
방금 무엇이 우리의 몸을 투과하며 지나갔는가?
적막한 지하 역으로 거룩하게 입장하는
텅 빈 지하철은 흡사 화려한 관처럼
우리의 죽음을 종달새처럼 반긴다
신은 주사위 놀이를 즐기는 중이다[10]
우리의 미래는 방화의 불화살로 자신을 점화시키고
그 화살과 같이 나날들은
알 수 없는 미래로 날아갔다
에데노피테쿠스[11]의 초상——나의 세포가 전인류의
역사를 추억한다
　크리미아 타타르인들의 폐허와, 푸른 나뭇잎에 싼
밥을 먹는 미얀마 카렌 반군 소년 병사의 웃음
　제국의 영화와, 호모 사피엔스의 유적을 새긴——내
몸 안의 비석
　모든 진리가 쉽게 말해질 수 있다는
　헛된 상상을 버린 지, 나는 이미 오래다

그대가 이른 봄 산
어둠에 만발한 진달래꽃 한 가지를 들어
나를 보였을 때
나는 한 우주가 흔들리는 소리를 들었다
그 휘어진 터널의 빈 속을 빠져나왔을 때
나는 버려지어, 빛 받은 노란 국화 꽃잎처럼
그 여자의 허벅지 환했다
첫 울음을 울어버린 후로, 모든 것은 혼돈의 흰 강
을 건너
무너진 산성에 흩어지어 핀 산수유처럼
사람들은 또 만개하지 못했다

별들도 그런 봄꽃들처럼 한 순간에 피었다가는
덧없이 유성으로 져 흐르곤 했다
그대가 나를 지나갔는가?
지난밤에는 고래등 같은 오량가에서 잠든, 나그네
의 새로운 아침처럼
비로소 우리는 무덤들 가운데서 깨어나고 있다
내가 그대를 지나왔는가 아닌가?
간밤 아름다운 꿈들도 무덤이었던 것처럼

보라, 이 아름다운 폐허!
누가 신의 놀이를 엿보는 경계 없는 어둠
어떻게 폭풍의 한 날이 우리를 불어갔는가?
상상한다

MENSIS OCTOBRIS A. M DC LXXXIV. 467

NOVA METHODUS PRO MAXIMIS ET MI-
nimis, itemque tangentibus, qua nec fractas, nec irrationales
quantitates moratur, & singulare pro illis calculi
genus, per G. G. L.

SIt axis AX, & curvæ plures, ut V V, W W, Y Y, Z Z, quarum ordi- TAB.XII
natæ, ad axem normales, V X. W X, Y X, Z X, quæ vocentur respe-
ctive, v, w, y, z; & ipsa A X abscissa ab axe, vocetur x. Tangentes sint
V B, W C, Y D, Z E axi occurrentes respective in punctis B, C, D, E.
Jam recta aliqua pro arbitrio assumta vocetur dx, & recta quæ sit ad
dx, ut v (vel w, vel y, vel z) est ad V B (vel W C, vel Y D, vel Z E) vo-
cetur d v (vel d w, vel dy vel dz) sive differentia ipsarum v (vel ipsa-
rum w, aut y, aut z) His positis calculi regulæ erunt tales:

Sit a quantitas data constans, erit da æqualis o, & d ax erit æqu-
a dx: si sit y æqu v (seu ordinata quævis curvæ Y Y, æqualis cuivis or-
dinatæ respondenti curvæ V V) erit dy æqu. dv . Jam *Additio & Sub-*
tractio: si sit z — y + w + x æqu. v, erit d z — y + w + x seu d v, æqu
d z — dy + d w + dx. *Multiplicatio,* d x v æqu x d v + v dx, seu posito
y æqu. x v, fiet dy æqu x d v + v dx. In arbitrio enim est vel formulam,
ut x v, vel compendio pro ea literam, ut y, adhibere. Notandum & x
& d x eodem modo in hoc calculo tractari, ut y & dy, vel aliam literam
indeterminatam cum sua differentiali. Notandum etiam non dari
semper regressum a differentiali Æquatione, nisi cum quadam cautio-
ne, de quo alibi. Porro *Diviso,* d v vel (posito z æqu. v) dz æqu.
± v dy ∓ y dv   y   y
—————————
y y

Quoad *Signa* hoc probe notandum, cum in calculo pro litera
substituitur simpliciter ejus differentialis, servari quidem eadem signa,
& pro + z scribi + d z, pro — z scribi — d z, ut ex additione & subtra-
ctione paulo ante posita apparet; sed quando ad exegesin valorum
venitur, seu cum consideratur ipsius z relatio ad x, tunc apparere, an
valor ipsius d z sit quantitas affirmativa, an nihilo minor seu negativa:
quod posterius cum sit, tunc tangens Z E ducitur a puncto Z non ver-
sus A, sed in partes contrarias seu infra X, id est tunc cum ipsæ ordinatæ
Nnn 3   z decre-

라이프니츠, 미분 계산을 다룬 논문의 첫 페이지

나비를 폈다[1] 나비의 날개 239면을 읽다가 나비를
던져버렸다 나비가 책장에 가득히 꽂혀 있다 나비 날

개로 밥을 싸서 먹었다 수상한 활자들이 젓가락에 묻
어나왔다 나비 날개 위에 집을 지었다 蝴蝶樓閣——빈
그릇마다 나비가 수북했다 나비의 다리는 유충의 다리
로부터 어떻게 변태해가는가? 타자기가 사마귀 같은
발로 나비의 날개를 저술한다 파리에게 나비라는 이름
을 지어주었다. 나비가 너무 많다 나비의 사전에는 꿈
이 없다
　나비를 폈다²(幅)

　이쁜 얼굴인데 뭘? 소낙비가 무전을 치고 있다 빛은
간첩이다 숲은 유쾌한씨가 씹다 뱉은 껌이다 화면발이
안 좋아요, 대중은 조화를 원하거든요? 목욕탕에 아이
들이 국건더기처럼 떠 있다 전기세가 너무 많이 나온
다고 별들이 꺼지나? 흙에서 뚱뚱보 나무들이 자라고
있다 간빙기가 끝나간다고 팥빙수 장사가 다 망하는
것은 아니다 여태 고분고분하다 도둑놈이 반말을하자
열이 받은 그 사내는…… 광화문은 철골조예요 그러
자 그는 실망하는 빛이 역력하다 가짜가 진짜를 극복
한다 중국식 호떡이 내 입 안을 들여다본다 또 하나의
원본/말똥구리는 강자다 가끔 그렇게 말똥만 굴러다

니는 것을 본다

　나비들이 변소에 우글우글하다[3]
　열차는 달리고 싶다 철이는 흑기사 파우스트의 아들이다 파우스트는 완벽한 질서와 영원한 생명의 기계 제국 라 메탈LA METAL 행성의 전설적인 기사이다 '천국의 문' 신도들이 혜일·밥 혜성의 꼬리를 따라가고 있다 닥터 반은 철이의 엄마를 사랑했다 닥터 반은 프로메슘의 남편인데 그녀는 바로 기계 제국을 세운 천재 과학자이다 신의 백성인 유대의 전사들이 가자 지구의 팔레스타인 거주 지역을 쑥밭으로 만들고 있다 그러나 닥터 반은 철이와 철이 엄마가 인간성을 상실한 기계 인간이 될 것을 우려해 비밀리에 지구로 피신시킨다 질투에 불탄 프로메슘은 닥터 반을 죽이고 김구는 피살된다 철이 엄마도 죽는다 그룹 황장엽이 귀순하고 프로메슘의 딸 메텔은 죄책감에 검은 문상복을 입고 철이를 기계 제국으로 데려온다 파우스트를 진짜 아버지로 믿다가 사실을 알게 된 가짜 하록은 성수대교가 무너지자 메텔과 목숨을 건 일전을 불사한다 철이는 파우스트와 외디푸스적인 사투를 벌이고 자:지에

털이 나자 메텔을 따먹는다 777호와 999호가 지네처
럼 엉켜 있다 어둠을 헤치고 나가는 대부분 동안 열차
는 모독에 대해 생각했다

나의 죽음

낙타가 눈을 감았다
한 시크의 예언자가 오랫동안
우물을 들여다보고는 울고 갔지만
그때, 달빛 흰 꽃들이 빛을 대신할 때
너는 죽었고
나 또한 죽음에 가까웠다
내 몸은 이미 사막인가?
달밤, 자이살메르—두 남녀가 황혼에 엉켜 있다
자세히 보니 끝내 흩어질 수 없는 모래이다

아무 눈물 없이 우리는
사막을 걷고 있었다
이 지리한 인간을 보라!
(안회가 죽었다
젊은 나이에 그는 이미
백발이었다고 전한다)
회로 떠진 자로의 주검 앞에서
공자는 다시는 인육을 먹지 않겠다고 다짐했다

지도를 펴면 그 여자의 모습이 보인다

당구알을 닦는 여자 1과
편두통을 앓는 여자 2와
성게알을 못 먹는 여자 3과
한글을 못 읽는 여자 4와
너무 허약한 다리로 모래 언덕을 넘어가는
그씨 다수가 있다
이미 죽은 지식들이
곰팡이 핀 식빵들처럼 다른 말을 하고 있다

그리하여 우리의 청춘은 끝났다
작은 모래의 알갱이들이
내 귓속에서 출렁이고 있다
내 몸에는 태양의 발자국과 사막의 배가 있다

그러나,
그래서,

나는 내 발걸음에 취했다
내 친구들은 모두 어디로 갔을까?
바다──, 그러나 내가 두고 온 그 백사장에서는 빈

구덩이만이 무성하여
  내 귀는 지하를 듣고 있다
  누군가 나를 낮은 포복으로 건너고 있다
  이 물소리,
  나의 죽음

구름의 장식을 찾아서

하늘, 구름의 장식을 보았으므로
나는 문장의 호기심으로 집 → 밖으로 나온다
THK 1.2밀리 스틸 위 광명단 위에 오일 페인트를
입힌
∮120 우유 투입구와 스테인리스 손잡이, 황동 경첩
3조와 부속 철물 일체가 부착된
서술되어질 수 없는 빛으로 통하는 나의 문
문은 말한다——너의 안으로 돌아가라
나는 계단 앞에서 희미한 비문을 더듬는다
계단은 碑銘 같다
여기도 구름의 장식이 기록되어 있구나
THK 16밀리 W=80밀리 플랫바 위에 덮힌 오일 페
인트와
사이의 붉은 방청도료를 느끼며 나는 나의 난간을
스친다 이, 사랑의 장식들
나를 지나가는 거리의 풍경들
도시의 건물들은 THK 30밀리 화강석 버너구이로 매
달려 있거나
THK 1.2밀리 알루미늄 판넬로 매달려 있다
0.5B의 붉은 벽돌로 위태롭게 서 있거나 THK 18밀

리 복층 유리로
마천루들은 마치 심해의 해파리처럼 유쾌하다
이렇게 아슬아슬한 두께로
저렇게 위태로운 높이를 견지하고 있다
화장술의 도시 그, 가벼운 껍질들
허상의 분위기들, 맥락 없는 이미지들, 가짜들
이 모든 것들을 나는, 나의 정원이라고 말한다
THK 9밀리 석재 타일이 깔린 함정 같은 보도와
THK 0.5밀리 동판으로 접힌 교회의 첨탑으로 내리
는 산성비
붉은 철골 트러스 가교가 접속부사처럼 떠 있는
1997년 7월 6일 18시 32분
(정오의 사이렌 소리?)
오, 그 모든 추억의 장식들을

녹색 리본

체첸 공화국에 대한 러시아의 공격이 개시된 11일 러시아
탱크와 장갑차들이 체첸 수도 그로즈니 북동쪽 25킬로미터의
톨스토이 유르트를 지나가고 있다. 〔톨스토이 유르트 = 聯合〕

복종이란 알라신에게만 가능하다
이 피의 복수를,
해발 오천 미터 카프카즈 산맥에 두고
맹세한다
술 취한 돼지[12]의 아이들은 반드시
신의 바람[13]의 자손들에게 그 피를 주어
위대한 알라의 경구는
새로운 복수의 시작을 위해 우리를 축복할 것이다
알라여, 우리를 도우소서
중앙아시아의 산맥과 카자흐에서 죽어간
영광스런 체첸의 부족이 부른
길 위에서의 노래를 기억하게 하소서
키틀아즈에서, 잉구세티아에서, 도즈조크에서 불어
오는 이 압제의 쇠사슬 소리
저 테레크 강의 평화와 이 죽음을 위해
신의 바람은 불어간다

아들아, 모든 것이 지나간단다
체첸의 전사들도 언젠가는 저
카스피 해의 곁에서 그래, 이
고단한 해골에 짙은 녹색 리본[14]을 묶고
성스러운 신의 영토에 마지막 키스를 할 것이다
아들아, 체첸의 아들아
모든 것은 부는 바람처럼 지나가고
오직 신의 바람만이
알라의 곁으로 간다

당신은 내가 무엇을 믿고 있는지 아는가? 나는 내가 내일이라도 죽으면 천국에 갈 것이라고 믿고 있다 왜냐하면 나는——숫자와는 상관없이——조국을 위해 살인을 하고, 또 조국을 위해 싸웠기 때문이다 이 정도면 내가 알라신에게 갈 수 있는 충분한 이유가 된다[15]

에이전트 오렌지[16]

광명, 청춘, 신념을 그에게 바친다[17]
그날 우리는 그곳에서 돌아오지 못했다
죽은 자들은 그들의 밀림 속에서
살아남은 자들은 그들의 전쟁 속에서
천천히 시들어갈 뿐

그곳에서 돌아오지 못한 우리들의 죽음은
거대한 쇼핑몰의 어두운 계단실에서
문득문득 13세 소년의 총부리 앞에서 질려 있었다
그때마다 베트남의 우기가 눈앞 가득 펼쳐져
나는 발악적으로 비비탄을 날렸으나
환희에 찬 문명의 오렌지빛 미래는
대재벌의 사옥들과 종교 산업의 말씀의 세일로
돌아오지 못한 우리들의 부재를 무성하게 가릴 것
이다
나는 벌채용 칼로 살인했다——전쟁과 고엽제의 나
날들
내 씨는 이미, 어느 아름다운 여인의 몸에서도 자라
지 못하는
種의 수치이다

    찬란한 도시의 콘크리트와 철골과 유리의──광명
과, 청춘과, 신념은
    멋진 신세계에 대한 인류의 환영이었다
    네이팜탄과, 스팅어미사일과, 크레모어의 이 즐거운
소비,
    무엇을 건축하기 위해,
    우리는 또 무엇과 더 싸워야 하는가?
    살아남은 자들은 아직도 그들의 전쟁 속에서
    무성하게 서서 흔들리고
    곧 무너져내릴 바벨탑의 하룻밤이여,
    저 대지는
    내 몸과 같이 시들어간다

우리들의 살인 백화점

게스트 바스티안의 38구경 권총으로 침실에서 애인
과 동반 자살한 반핵 운동의 잔 다르크 페트라 켈리의
혼미 속에서 나는 기어나온다
　햇빛이 나를 사열하여
　저 빛이 나를 휘게 한다
　만장처럼 지는 만산의 홍엽들처럼
　확, 싸질러지는 그 돌연한 자해와 같이
　나도 이렇게 행복한 날이 다시 또 올까,
　짐짓 의심하며
　오래 버려둔 내 시의 마지막 구절을 적는다
　──모든 테러리즘은 아름답다
　나는 이제 저 고요한
　성전의 수평면상에서 함몰해갈 것이다
　헤즈볼라 자살 특공대가 이십세기의
　마지막 방으로 뛰어든다
　아이가 지뢰를 밟으며
　우거진 꽃숲을 헤치고 온다
　저질러논 우리들의 사랑에 대하여
　나, 치유받으러 그 바다에 왔다
　기름에 뒤덮인 죽음의 바다

누군가 신의 음식에서부터
김치 쪼가리와 콩나물, 전투 식량에
신물까지 게워내며 이 길을 갔다
애리조나 주 출신의 미군 병사가 십달러짜리 지폐
를 말아
오른쪽 콧구멍에 대고 있다
살인과 코카인의 이 묘한 도덕적 알리바이를,
선거와 전쟁이라는 이 이십세기를,
나는 행복한 피조물의 살인 백화점이라고 적는다
——우리, 행복하게 살아요
모든 사랑은 테러리즘이다

유일한 자

나는 물이 얼음으로 변할 수 있다는 것을 믿는다
이것을 진정으로 믿는 자는 내가 유일하다
나는 식물의 줄기가 잎으로 변하는 것을 보았다
이것을 본 자는 내가 유일하다
불의 생성을,
내가 넘기는 책의 페이지마다
타오르는 불의 길들이 보인다
종이가 어두워져가고 활자가 우주의 뭇별들처럼 반
짝이다
사라졌다
재를 버리고 불을 먹는다
이것을 배설하는 자는 내가 유일하다
허공 중에서 꽃을 찾아낸다
원인을 제공하지 않는 것
그것이 마술이다
나는 그녀의 사고 속에서 존재한다
그녀가 생각하는 모든 것을 이루게 하는 것
그것이 나의 유일함이다
이 사랑이 끝나기 전에 죽고 싶다는 것은
그녀의 말이다

내가 그 말을 슬픔으로 이루게 한다
나는 먹는다 나는 사유를 먹는 것이다
이것을 먹는 자는 내가 유일하다
나는 지상에 도착한 최초의 빛을 본 자이다
이 유일함에 대하여 나는 말한다
내 사랑 때문에 나는 시든다

먼 몸

그 우물 속에 있었다
내가 늦은 저녁의 냉장고를 열어
암시의 장미와 수박의 혀로 음미할 때
꽃의 감자는 마늘과 같이 있었고
푸른 상추는 음지의 버섯과 같이 있었다
아무것도 먹지 않고
그 여자와 하루종일 섹스했다

어두운 귓속에 담긴 이
참을 수 없는 식인의 감정

하나의 곤충이 꽃잎 속에 갇혀 죽었다
그 여자의 환한 손가락 끝에서 나는 늦은 저녁의 가
지를 키워 최후의 숲을 이루는, 무지의 눈을 밝히는
붉은 열매가 맺는 걸 보았다
나는 보았다.

빛을 감싸고 있는 어둠을
빛을 묻혀 그 어둠에 닿는 손을
죽임의 리듬을

붉은 입술이 양파와 같이 있었다
그 입술에 베이다, 라고 말이 더 먼저 이루어졌다
두 발을 가진 물고기가 그 여자의 입 안으로 들어가는
이상한 잉태의 모습을
나는 보았다

나는 나의 죽음을 방해받고 있다
아아, 너무 탐스러워
라고 그 여자는 말했다
눈부신 쪽파의 뿌리가 물 위에 떠 있다
내 절대의 사랑을 그대는 알까?
만져질 수밖에 없는 먼 몸
두부 한 모는 담배 한 개비와 같이 있었다

긴 혀로 식물의 줄기를 다 핥고 나자
누가 눈을 떴다

죽 임

감자에 싹이 나고 있다
열매는 썩고 있는 것이다
마르두크가 킹구를 죽였다[18]
불은 노래한다 '나의 길로 오라'
룰루랄라, 썩고 있지 않는 풍경들은 가혹하다
불멸의 정신들이
상한 음식처럼 끓고 있다
나보다 더 빨리 썩고 있는 것들이
나를 상하게 한다
어차피 나는 부패한 채로 태어났다
벌써 이렇게 컸구나, 돌아보자
그의 부모는 엽낭 거미처럼 서늘하게 웃고 있다
꽃이 피는 이유는
누군가 그 나무 밑에서 죽었기 때문이다[19]
아이하이, 나는 썩고 있다
아이를 낳지 말아야겠다고 마음먹은 순간
성욕이 끊어졌다
섹스에는 먹히는 자의 공포와 황홀이 있다
나는 신문에서 동반 자살의 기사를 읽을 때마다
한없이 꼴린다

그래서 모든 살인은 아름답다
무엇보다도 스스로
죽음에 무한히 접근해가는 生은 더 아름답다
피, 그리고 이후의 살육은
분명히 우리의 몫이 아니다

CSI DIS PLACET······[20]
그것은 신의 성욕이므로

가혹한 풍경

내 사랑이란 그런 것이다
쉽게 허물어지고 마는 것
나는 죽은 듯이 용감했다
쥐가 닭의 항문을 파먹고 있다
사막의 식물 크레오소트가
뿌리에서 독을 뿜어 근처의 묘목들을 죽이고 있다
검은머리갈매기가
어린 바다거북을 먹어 치우는
살해의 풍경을 본다
머리에 비닐 봉지를 쓴 채
사람들이 차례로 쓰러져가고 있다
——순결을 위한 죽음이다
암컷이 수컷을 먹는다
물새들은 갈대의 강변을 사랑하지 않는다
나는 눈멀었다고 말한다
이 가혹이 나의 사랑이다

제물치장 콘크리트가 숨을 쉰다
숲의 나무들은 바람의 살의를 견딘다
내가 참 허무한 것이었다고 말할 때

그러나 그때가 너는 가장 굳건했다
이제야 나는 우리로 하여금
더 이상 아무것도 사랑하지 않게 하는
저 풍경의 위대함에 대해 숙고하게 되었다고 말한다
나는 뜨겁게 식는다
나는 이상한 먹이가 되었다
나를 먹는 자는
아무도 사랑하지 않는 자이다

이 가벼운 날들의 생

다만 네 몸 안에서
물고기처럼 헤엄치고 싶네
얼음 속에서 헤어지고
환한 꽃 속에서 다시 만나는
당신과 나 사이에
맑은 술, 꽃잎이 지네
누구든지 한 번은
자신의 그림자에 매혹당한 적이 있네
지상에 닿기 위해
나는 얼마만큼 더 무거워져야 하는가?
재 되어 날려가는 이 가벼운 날들의 생
나는 어린 산양처럼

고공의 절벽에서 스스로 몸 던져지며 어리둥절한
수컷들과 흰 덧니의 암컷들이 고통과 쾌락의 밤을 보
내는, 사라지는 생의 마지막 꼬리를 보았네 누가 나에
게 저 비밀한 구루의 노래를 들려주겠는가?

당신과 나 사이
빈 항아리를 울리는 작은 모래 먼지들의 울림처럼

지는 해의 찬란한 몰락을 보고 있네
첫사랑의 여자와 만나
오래도록 행복하게 살고 싶었지만
그 후로도 많은 가슴 아픈 연애
내 생은 안주하지 못하네
이 폐허가 주는 바다의 환상
나는 세상의 끝에 서 있었네
어두워라, 어두워라 저 허구한 날의
태양이 잠긴 고원의 호소는
내 머리칼은 눈 녹은 강에 풀어져
푸른 보리밭길
흰 산 사이의 쇠락을 홀로 가네
아직도 나에게는 융기할 수 없는 침잠
아, 나는 다시 불처럼 가벼워지고
노래처럼 흘러간다네

내전과 게이

섹스를 할 때
그 여자가 느끼는 恍
함과 惚함을 느껴보고 싶을 때
나는 가끔
여성의 몸을 간절히 바랄 때가 있다

흰 밥 숟가락 위로
내가 씹은 내 붉은 입술에서
선홍색의 피가 오한처럼 스밀 때
내 이는 나를 먹고 싶은 것임을 안다
우선 내 입 안부터 먹는다

아, 약만 먹어도 배가 부르다

미얀마 와군의 군자금을 대는
방콕산 게이의 몸과
알몸으로 담배를 물고 요리를 하는 여자의
칼과 무

(정말 생은, 산다는 것은

자기 발목에 거미줄 같은 실날을 걸고
까마득한에서 천야만야로 뛰어내리는
감행, 혹은 무모일까?)

그 남자의 여성으로
누군가 서늘한 총부리를 집어넣었다
내전과 게이—카렌 반군 병사들이 서둘러 밀림 속
으로 퇴각했다
여자의 혀끝에서 푸른
마약의 맛과 모욕의 냄새
자신의 성기를 입에 물기 위해
애써본 적이 있는가?

세계는 호모다
춤추는 게이들

내 안에다 너를 저장한다

거울 속에 저렇듯 추운 겨울이 있다
죽은 고목의 음습한 뿌리처럼
나는 언제나 악몽 속에 있었음을
내 환청의 귓속에 낙산의 물을 길어
그 붉은 꽃 피워다오
입을 열면 꽃의 뿌리가 만발하여
천지 사방 눈이 모자란 꽃의 격랑 속으로
나는 고독 속으로 들어가 먹는다
높은 하늘에서 더 넓은 바다를 보리라고
상상하지 마라
내 항문에 아름답게 핀 꽃
그 꽃이 다 해질 때까지
너의 귀는 늘 나를 향해 피어 있다
먹는 꽃, 피꽃, 살꽃으로
내 목소리에서 떨리는 너의 음성
네 머리를 꽃으로 패주고 싶다
꽃산을 삼키는, 일어서는 남색 바다의 식욕
샛노란 꽃잎 가득
내 사막 같은 입을 막아다오
흉몽중을 부감하는 나의 난시는

꿈속에서도 편두통을 앓았다
(꽃을 헤치면 강이 나오지)
(그 강은 곧 나를 헤엄쳐올 거야)
내 속에서 열린 너의 입술로 말해다오
내 항문으로 어느 꽃이 들어와 나를 만질 때
나는 걷고 싶네, 불과 물의 그늘 밑을

푸나의 여인

춤을 추네
삶의 나락과 죽음의 환락이 흐르는 강가
피어오르는 꽃들의 우울을 본다
공복의 새들이 지저귀는
시린 새벽의 물소리
우리 즐거운 이승에서의 오랜 추억으로
밝은 불꽃 속에서 잠깐 사라지듯
소용돌이치며 흐른다 그대
모래 바람 이는 사막에서의 그대
노을지는 숲—흔들리는 나무들의 먼 하늘에서 피어
숨죽여 지던 *落花*—그대

무성하던 숲의 기억과
번성한 어느 한 날 사막의 불처럼
춤을 추네
저 일어서는 검은 물
나 그대의 몸 속 환한 자리에서
길 가는 검은 물소의 눈동자처럼
또, 한, 세계를 본다
내 정든 육신에 깃들인 다른 육체를

흐르는가, 여자

저 강을 부유하는 지루한 물풀처럼
너의 영원함도 나의 순간 속에서 흐른다
흐르는 별빛으로 내 발을 씻겨주던 여자
부서지는 물방울처럼 웃던 그대
하염없이 춤을 추네──雨期의 강가
나 끊임없이 물길이나 산길 부유하고
그대 순결한 살내음 속에 물소리
돌아보면 해가 뜨고, 돌아보면 해가 지는
아, 저 대나무들의 지겹게 몸 부비는 소리
대지를 추락하는 빗방울들의 고요를 듣는다
별과, 달과, 푸른 눈을 뜬 흰 뱀이
몸을 풀고 이제 막 사라져간
물 속, 몸 속, 그 강가
그 여자, 모든 나무들이 꽃을 피우는 내 귓속에서
낮달같이 웃던,
저 환한 물의 그물에 갇힌
저 깊은 꽃의 갈증을

REBIS[21]

나는 내가 여성과 남성의 생식기를 동시에 갖고 있
을지도 모른다는 희망을
은밀히 상상한 적이 있다
꿈 없는 깊은 잠속에서의 나는 쾌락자이고
태양이 나의 빛나는 눈이었을 때
나는 모든 여성의 아들이다
모든 여성이 나를 설레게 한다
나는 일곱 살이 되기 전에 이미
첫 유혹을 받았다 채
아홉 살이 안 된 그 계집애의
어린 동성의 낯섦——새들이
지저귀는 순간의 파장에 눈을 떴을 때
긴 유리창에 드리운 햇살의 비밀한 몸을 보았다
임신한 여자의 목소리 중에는 두 개의 음성이 있다
하나도 고통스럽지 않다
(나는 너무 일찍
보이지 않는 그 세계를 만져버린 거야)
세상 모르고 살았다
맑고 추웠다

흐르는 몸

그 여자 괴롭게 자고 있다
또, 한 남자가 또, 한 여자를 첫사랑할 때
또, 한 남자는 또, 한 창녀에게
자신의 구차한 동정을 아주 방기해버리는 것처럼
붉은 아기를 안고 가는 풀꽃 같은 여자를 볼 때마다
나는
그 모성의 쾌락에 대해 생각한다
어떤 종류의 욕망이 나를 여기까지 오게 했을까?
차가운 머리카락,
내 몸 가득히 흐르는 물소리
처연한 이승의 스냅 사진의 한때처럼
너는 오래 내 몸 속에 있다
해도,
내 정신은 금방 현실과 타협하기도 했지만
내 육체는 정말 지겨운 것이었다
지지 말거라, 물빛 설레는 꽃들이여
그 물 그림자 오래 내 얼굴에서 그물져 흘러
바람에 내 깃발이 다 닳았다

여성들

나는 모든 패륜을 이해한다고
그 여자가 말했다
어떤 여자는 한 몹쓸 남자를 위해
새벽의 빛으로 하얗게 쌀을 씻기도 한다
육포를 잘 씹어서 먹여주고 싶은
그런 남자 없느냐고, 여자가 나에게 물었다
여자들은 평생을 두고 흔들리는 존재라고
나는 생각했다 그와 같이
자신의 존재가 가끔 참,
낯설게 느껴진다고
여자가 제 잔에 술을 따랐다
달 없는 밤을 타고 몰래 꽃이 피었다
날, 좀, 사랑해줘, 라고 말하기도 하고
헤어지자, 우리, 라고 말하기도 했다
신비한 남자가 좋아요,
웃었다 늘 떠돌 것이다
개처럼 나를 패던, 내 업인 그 남자
허지만 생각하면, 늘 잘해주었던 기억인걸요
그 여자, 그 웃음 밀물처럼 젖어오던
그래, 네 업은 이제 소멸이다

벌거벗은 여자가 참혹한 성의 문지방을
건너왔다 건너갔다 한다
오, 저 성의 상처
이상하죠? 엄만 날 질투해요
가족이요? 글쎄요
태어나 보니까 그들이 있었어요
긴 이빨처럼 꽃이 피었다
졌다

구파발, 구파발행 마지막 열차

사랑은 지리해라

경계 없는 우주를 한 순간 밝혀놓던 화사한 봄꽃들
도 하염없이 빈한 내 술잔으로 져버리고, 쌓이고, 한
계절 내내의 행성들도 빙빙 그 자리를 바꾸어 사라져
버렸다 보이지 않는다 나는 제자리에서 떼, 떼, 떼,
떼, 고장난 자명 시계처럼 한번 명징한 채 울어보지
못하고 꼬리를 잘린 도마뱀처럼 어두운 습지에서 상실
의 날들을 복구하고 있었다 나는 말했다 사랑의 결과
에는 원인이 없다고, 그것이 모든 사랑의 불행이라고,
너는 그 무거운 잔을 부어 나를 적신다 어둠을 열고
나가는 너의 짧은 머리칼을 보며 나는 패성이 자미원
으로 들어가는 하늘의 재이를 보았다 아침에 보았던
산등성이 평지로 변하고 정오에는 교회가 저녁에는 은
행이 들어섰다 천 개의 강이 복개되었다 인걸은 의구
하되 산천은 간 데 없다 모든 물상들이 달리는 말등처
럼 희미할 뿐이다. 스/쳐/지/나/간/다 우리가 지
금/여기에 존재하는 것도, 헤어지자는 너의 말도 아
무 이유가 없다 이유 없이 안개가 새벽을 부유하다 사
라지고,

맹렬한 불기둥이 지하로 잠적했다 깊은 심연에 누

위 두근거리는 바다의 먼 심장 소리를 신중히 들었다
이번 열차와 다음 열차, 수십 개의 유리창이 차례로
흔들리다가 사라졌다 그들이 지나갔다 여기 고요한 골
짜기로 출렁이어, 바람이 몸을 일으켜 입장하는 이 수
리 (그 여자에게로 간다) 구파발, 구파발행 마지막 열
차

오지 않네, 모든 것들

나 은행나무 그늘 아래서
142번 서울대—수색 버스를 기다리네
어떤 날은 나 가지를 잘리운
버즘나무 그늘 아래서 72-1번 연신내행
버스를 오래도록 기다리고
그녀의 집에 가는 542번 심야 버스를
하염없이 기다린 적도 있네
앙상한 가로수의 은밀한 상처들을 세며
때로는 선릉 가는 772번 버스를
수없는 노래로 기다리기도 하네
그러다 기다림의 유혹에 꿈처럼
143번 버스나 205-1번 혜화동 가는 버스를
생으로 보내버리기도 하고
눈 오는 마포대교를 걸어 아무도 없는 빈집에서
나 실연의 시를 적기도 했다네
어느 한 날은 205번 버스나 50-1번 좌석버스를
깊은 설레임으로 기다린 적도 있었지만
그 짧은 연애를 끝으로 눈 내리는 날에서
꽃이 피는 날까지
그런 것들은 쉽게 보낼 수 있게 되었다네

패배를 기억하게 해주는 것들, 이를테면
성남에서 영등포까지, 홍등이 켜진 춘천역 앞을
지나던 그 희미한 버스들을
이제 나는 잊었네
나 푸른 비닐 우산의 그림자 안에서
기다림의 끝보다
새로운 기다림 속에 서 있음을 알겠네
오늘도 나 147번 화전 가는 버스나 133-2번 모래내
가는 버스를 기다리네
이제는 더 이상 부를 노래도 없고
어느 누구도 나의 기다림을 알지 못하네
오지 않네, 모든 것들
강을 넘어가는 길은 멀고
날은 춥고, 나는 어둡네

그 열락의 지명을 나는 잊었다

계림은 이강의 서쪽에 있다
서안은 노을 속에 있고
너는 나의 도시이다
너는 열쇠 구멍처럼 구부러져 누워 있다
이미 사막이 되어버린 깊은 우물 속으로 들어간다
상한 음식을 먹는다
아무도 나의 죽음을 눈치채지 못할 때
지하의 점심이 끝나가고 있었다
모두들 만족한 얼굴로 나의 죽음과 대화했다
나의 죽음은 너무나 사소할 것이다
그러나 나도 빗돌처럼 너의 손톱을 세워
내 사소한 왕조의 역사를 새겨나갈 것이다
너는 나의 중심에 서 있다
나의 역사는 소멸을 위한 것이고
아무도 그 숲을 걷게 하지 않을 것이다
서술되어지지 않는 역사를,
과거를 발굴한다는 것은
우리가 볼 수 있는 유일한 미래와 마주하는 것이다
아무도 그 나무의 생각을 알 수 없었다
황포강에서

나의 죽음을 알아보는 자가 있었다
나의 죽음이 찾아간 깊은 우물
그 열락의 지명을 나는 잊었다

사물의 사랑

(가슴 아프게, 가슴 아프게)
내 의자는 흐느낀다
(사랑은 아직도)
사랑은 끝났어, 그런데
사물이 그 여자를 생각하고 있어
내 책상이
내 거울이
내 모자가
나는, 끝났어 하지만
내 사물들의 사랑은 계속돼
냉장고를 열면
거기엔 아직도 끝나지 않은 사랑이 있지
내 식탁은 아직도
그 여자를 사랑하고 있어
나는,
그 여자의 행복을 바라지만
내 사물들은
그 여자와 함께 행복해
여전히 ——
내, 주방의 가스 레인지를 켜면

알 수 있지
아직도
푸르게 타오르는 사랑을

워낭, 혹은 어리

흐르는 물이여, 흐르는 물처럼 나
먼 산책에서 돌아와 본
참 적조한 죽음, 과
그, 삶 뜨거운 희열의 눈
방 한 칸의 세상에서 건져지자마자
두 눈 뜨고 죽은 저
등 시퍼런 열목어의 생
물 아직도 출렁이는 빛
흐, 터뜨리지 못하여
신음 같던 웃음 소리 이,
찬 폭설에 꺾인 산
솔가지들이 뚝, 뚝,
부러져나가는 소리

흰 바다를 쓸어가는
푸른 기침들의 노래와
뒤, 돌아서는
등 가죽잠바의 서늘함처럼

흐르는 물이여, 흐르는 물처럼 나

먼 산책에서 돌아와 본
그 삶의 어리
혹은
죽음의 워낭

이렇게 먼 길인 줄을 미처 몰랐음을
벗이여, 이 봄 개 한 마리 끌고 마늘, 된장, 들깻
잎, 소주 한 병, 화투 한 목 챙겨 꽃산 실없는 농지거
리로 꿈길 가는 꽃길
백목련 피는 날에 그 저승꽃 같은 낙장을 보았다――
나의 살던 고향은 꽃피는 바다――끗발을 주고받는 투
전판의 마지막 던져진 꽃패처럼 벗이여, 우리는, 서
로, 헛되이, 희망을 얻는 거다 그런 섬광 같은 나날들
의 샛노란 산수유와 홀로, 들, 서로, 울창한 봄꽃들
옆에서 노름에 지친 벗이여, 그대 첨잔에 실린 이 한
세상만큼의 무게; 저 꽃 잎잎의 투명한 희고 붉은 귓
밥에 실려 내 삶 이르도록 닿지 못하는 먼데로 가야지
나는 꽃 지천인 소로를 따라 그 산 내려오면 종묘 어
디쯤, 빛나는 바다 낙산 바다 어디쯤 나는 선잠에 취
해 다시 무릎을 꺾고 저 산 며느리 내놓는 따가운 봄

볕 오염의 강물 위로 하얗게 자신을 내어 말리는 강돌
들은 어느 유적지의 슬픈 유골 같아 혹, 꽃은 피고 산
은 열려 깊은 물의 몸이 나를 일깨우는 저녁 벗이여,
홀로 가득한 잔에 수북한 낙화 그 육질의 꽃의 몸이
내 몸 아홉 구멍에서 피는 양귀비꽃 같은 울울을 보았
던 거다 반편이 같은 눈으로 치어다본 저 봄 산의 천
지 사방; 취중을 가도, 꿈속을 가도 끝내 이르지 않는
길 나, 못 가고 마는, 나, 안 가고 마는

  우우 석양 무렵이오 잡초 무성한 들녘도 석양을 향
해 있소 한낮의 빛나던 철길도 피를 묻힌 칼날처럼 두
렵소 어디에서 흰 소가 바삐 가오 저도 바람에 길들여
지고 이슬에 물오른 여린 풀들을 찾는 거요 내 바짓가
랑이도 풀잎에 젖는 어두운 산길이오 홀로 가오 모든
소리들이 적막이오 푸른 새들은 석양을 등지고 밤을
새워 도착한 어둠의 둥지요 글쎄 말이오 그 슬픈 날짐
승들도 푸자의 시든 꽃잎들처럼 어디서 못내 떠불려
온 게 아닌가 하오 또 붉소 봉두난발이오 붉은 꽃잎들
이 단지 불길한 예언의 빗방울처럼 이끼 낀 돌 위로
젖어 있단 말이오 저녁 사원 회벽에 묻은 종소리처럼

나는 조금도 설레지 않소 우우 저 황토빛 구름이 내
머리 위에서 무겁게 머무르고 있을 뿐이오 아무도 세
기의 마지막을 위해 검은 화차처럼 꽥꽥 철길을 달려
주지 않소 갑자기 아랫배가 서늘하오 져버린 꽃들의
색은 퇴기의 화장 같소 염소의 눈처럼 슬픈 밤이오 기
어이 비요 아주 무섭소

죽음의 피크닉

1

그렇지요, 네, 나는 인간의 죄를 대속하기 위해서가
아니라 아버지의 죄를 대속하기 위해 가장 낮게 엎드
려왔던 것이지요 아버지의 폭력이 드리운 형제들의 깊
은 그늘을 씻어주기 위해 해골의 곳에 이르러 죄패를
붙이고 영원한 죽음으로 그대들에게 용서를 구하고 있
었던 것이지요[22] 말하자면, 나는 부활할 수 없는 자이
외다 당신의 피와 살을 받아 당신 대신 죽기 위해서
네, 저 흠향의 한 줄기 연기로 화해지기 위해서 왔던
것이지요 네, 내 대신 삶을 구해 도열한 장창 속을 빠
져나가던 저 사내, 바람, 슬픈 도둑 아아, 나의 아버
지

그랬습니다 나는 상여 소리 같은 그물 터는 소리에
잠을 깨고 집 앞 언덕빼기 아래서 쉬어가던 상두꾼이
나누어주는 요령 소리를 듣고 자란, 동해 용왕님전 복
을 빌며 소금기의 바닷물에 세례 받은, 바람, 혹은 처
녀였습니다 어머니는 범람하는 두만강 물소리를 자장
가에 섞어 젖 주셨고 나는 점점 신기 잃어가는 늙은
만신의 여윈 무릎을 베고 정신없는 잠에 빠져들곤 하

던 어린 물고기였습니다

　그때 제가 당신의 얇은 손바닥에 박은 녹슨 쇠못은
바다가 넘쳐오르던 어린 유년의 폭풍우예요——욕망이
라는 이름으로 나는 사랑했고 그 이름으로 너를 배신
했다 투우사가 흔들고 있는 붉은 수건은 소가 아니라
관중을 흥분시킨다 나도 투우와 같이 아무런 색도 구
분 못 하는 무심한 눈으로 내 간 위에서 춤추는 커다
란 까마귀의 부리 끝에 내 청춘을 쪼이고 싶어요 이상
하다 네 몸에서는 연탄 가스 냄새가 나아, 너는 연탄
을 피워 인공의 체온을 만들어내지? 이,

　함부로 말하지 말아주오——너와 나의 이 오랜 신념
들이 방황이었다고 그 피에 젖어 말라붙은 우리들 희
디흰 기억 속의 노래가

　무지개가 신모(神母)를 둘러싸 복희(伏羲)를 낳고
용이 여등(女登)과 교접하여 신농씨(神農氏)를 낳고 신
동(神童)이 황아(皇娥)와 사귀어 소호(少昊)를 낳고 제
곡(帝嚳)의 비는 알을 삼켜 설(楔)을 낳고 강원(姜嫄)
은 거인의 발자국을 밟고 기(弃)를 낳았다오[23] 나는

어머님, 마르고 말라 팔괘를 얹고 갈라터진 거북등,
그래도 아직 습기 가득 찬 눈물샘에서 당신의 복받치
는 설움을 먹고 자랐지요 삼악도의 예토에서 철들어,
열반경의 구절을 당신이 염부제의 말법에 사탕처럼 섞
어 젖 물려주셨나요 그 후끈한 불덩이가 내 목구멍에
걸려 오래도록 단전을 덥혔답니다

  밤마다 자줏빛 옷을 입은 남자가 저의 침실에 들어
와 관계를 하곤 합니다 아버지는 옷자락에 긴 실을 꿴
채 잉태의 소굴로 찾아드셨지요 그새 어머니는 저를
낳으시고 허리에 바늘을 꽂은 지렁이는 습한 대지의
알맞은 힘으로 흩어지고 말았습니다[24] 그리곤 가만히
내 이마를 짚고 계신 어머님, 당신의 손금을 보며, 또
보았더니 왕씨는 송악에 도읍하고 이씨는 한양에 도읍
하고 정씨는 계룡산에 도읍하고 조씨는 가야산에 도읍
하고 범씨는 칠산으로 끝이 나더이다[25] 한없이 울었나
이다 나중에는 흐린 눈물이 심히 창궐하여 숲을 빠져
나와 들을 적시고 흐르는 강이 되더이다 나중엔 눈물
이 팔만사천 개의 강을 이뤄 대해로 화하더이다 자꾸
울었나이다 티끌만한 울음으로 하염없이 울었나이다
잠을 자면서도, 아무도 몰래 깨어서도, 어머니 봄날

들판 같은 무릎이 참으로 따뜻하더이다

2
어머니 염색하셔야겠네요
흰머리가 모세의 지팡이를 맞은
홍해처럼, 다시 자라고 있어요
히브리 노예들이 어머님 흰 가리마로
젖과 꿀이 흐르는 약속의 땅을 찾아
사막의 모래 바람으로 사라지네요

썩은 생선을 탐하던 갈매기의 청동빛 눈은 이미 해
수 관음보살 입상의 붉은 젖통에 닿아 있다
　청산청수, ——백두산 밀림에는 여산대호(如山大虎)
가 산다 생쌀 한 사발에 초 한 자루 사르고 일천배 삼
천배 흩어지는 향을 달래는 해발 이천오백이십이 미터
북수백산 산신 해발 이천십사 미터 낭림산 산신 해발
일천오백육십삼 미터 오대산 산신 모두 불러모아 백두
대간을 종단하는 범이 동북 벌판까지 바이칼 호까지——,
새는 바다의 날개를 대신 달고 바다는 새의 그림자를
덮고 잠든다 산맥과 산맥의 정한 숨결을 받아 신령한

숲의 정기를 헤치며 달리는 조선 호랑이의 자줏빛 발
톱은 갈아엎어지길 기다리는 봄땅의 비몽사몽을 찍는
보습의 푸른 날이다 먼 섬으로 가자, 해저의 지도를
여행하는 은빛 물고기의 지느러미를 달고
　누가 삼경의 칠성전에 엎드려 이 한 밤을 또, (어머
니 이제 그만 집으로 돌아가세요) 오오 하얀 길이 운
명의 우거진 잡목숲 사이로 환할 때 눈부신 연녹은 동
방청제 대웅님의 날 선 칼빛과 같았습니다

3

　나는 정처 없이 떠돌았지요 칼바람 속의 시베리아
설원을 지나 중앙아시아의 초원을 저공으로 비행하며
모래 바람 이는 티베트의 고원에서 고행하는 라마승의
행렬을 따라 헤매었지요 내가 상상하던 것들을 찾아
카스피 해 동쪽 천산산맥 서쪽에서 히말라야를 넘어
천축의 강가까지, 나는 산란기의 연어처럼 죽음을 찾
아 피크닉 갔지요

　동정녀 마리아는 그녀의 남편을 아들로 낳았다
　꽃잎 같은 질의 입구를 드나들며

아버지는 아들이 되고 아들은 아버지가 되고
지어미는 신방에서 지아비를
그이의 독생자를 오래도록 기다렸다[26]

(그리스도는 이 집의 주인이시요 식사 때마다 보이
지 않는 손님이시요 모든 대화에 말없이 듣는 이시라)
　도청을 거두시지요——물소리와 바람 소리가 번갈며
나를 일깨워준 누가 자꾸 내 발목을 잡아 날 머물게
했습니다 꽃가루가 하염이 없었습니다 그리고 어머니,
눈을 감습니다 화사한 빛 속에 복숭아꽃이 날리고 나
는 잠속에서 입술 긴 짐승의 꿈을 꿉니다 나를 닮은
처녀애가 내 잠속에서 하염없이 꿈을 꿉니다 바람에
눈을 감습니다 (미륵님, 미륵님의 정충은 썩었나봐요)
붉은 입술이 열려진 나비의 날개처럼 가볍게 떨리고,
눈을 뜨지 마세요 그 바다에 그물 던져 살고 질까요?
(기형이에요) 저 흔들리는 버즘나무 이파리들을 보아
요 (내 몸은 낙진의 덩어리예요)

　아무도 없었다 거기엔 젖도 꿀도, 그렇다 약속은 처
음부터 우리의 것이 아니었다 모래 바람 속에서 다시

오아시스는 번성할 것이다 허무의 성전을 찾아 떠나는
순례자들의 긴 발자국, 육중한 활로 어둠에 누운 강을
깨우자 눈뜬 자라들이 와서 다리를 이루었다 도망간다
이, 가짜 희망이여

 엄마, 아부지 언제 온다고? 감자꽃이 세 번 피면
(감자꽃이 세 번 피면? 이라고 외운다)
 아버지는 다른 여자를 사랑했다 누가 내 아비의 이
름을 묻거든 아들아, 아비는 죽었다고 해라 살해당했
다고 말하거라 예, 어머니, 하백의 딸이여, 전 스스로
당신과의 탯줄을 끊어버렸어요 내가 알에서 깨며 보았
던 바다의 푸른 칼로——어머니는 아비를 닮은 자식을
미워하셨지요 만발한 부용꽃 그늘 아래서 아무도 모르
게 아들은 붉은 잎들을 깨워 사춘기의 바다로 띄워 보
냈습니다 바다는 나에게 불신을 가르쳤습니다 나는 믿
지 않아요 이 정교한 가짜들

 개새끼죠, 차라리 죽어버리는 게 나은, 씨발놈이죠,
형은 아버지를 발로 차고 주먹으로 때렸죠, 왜 내 제
물을 받지 않았어, 말리는 어머니마저 발로 깠죠, 보

다 못한 동생이 칼을 뽑아 (아, 글쎄, 그게 또 부러진
형의 칼이었다잖아요, 참, 내,) 형을 찔렀대요, 형이
내 제물이야, 아우야 왜 세상이 이리도 낯선지, 형은
짐승이야,

　저 북두칠성은 둘인 달 하나 떼어 곱게 떠올려 지은
것, 둘인 해 하나 떼어서 만든 별은, 대지의 네 귀에
세운 구리 기둥처럼 밝아 고난의 세계를 자꾸만 돌리
고, 오구의 딸 시나위청의 노랫가락을 타고 구슬피 떠
다녔는데요,
　사해 용왕님 이 고뇌의 진주를──검으나 땅에 희나
백성, 눈물이 까닭 없이 흐르면 이 내 치맛자락 잡으
세요, 꼭 잡아요 북풍 남풍 서풍 동풍 비와 진눈깨비
의 언덕에서도 흔들리지 말아요 넘어지면 일어서고 또
넘어지면 일어서요 받아봐요 신념이 있거든 이 혁명의
피고름을 받아봐요 사랑을 잃지 말아요 불리러 가요
늘리러 가요 가까이 가요 모든 의혹의 책갈피 속 닫혀
진 부패의 악취를 잊지 말아요 물을 건너 산을 타고
죽는 날까지 일어서면 반드시 넘어가요 놓치지 말고
외면하지 말고 받아보아요 두려운 사랑 얻었듯이 그렇

게 마음으로 온 정신으로 안아보아요 그 사랑 비록 시
퍼런 작두날 위를 밟는 운명의 시린 춤이지만 정한 마
음으로 눈물로 받을 수 있거든 받아보아요 외면하지
말고 받아보아요 그 두려운 사랑

　어, 그러면 그대가 과연 천지신명을 모시고 대신으
로 불릴 수 있는지 본색을 한번 찾아보아라
　내 아내는 바다용의 부인, 능히 구름을 부르고 비를
몰아 변화가 막측하지 이제 세상은 강구하지 못하고
용이 아들을 낳아 세상을 구할 것이니 칠월에 큰비를
노리자, 칠월에 큰비를 노리자 그럼 도솔천 미륵님은
한세상 무너지는 몰락의 굉음 속으로 오시나요? 일체
계고는 일체절망입니까? 동해 광년왕 남해 광니왕 서
해 광덕왕 북해 광택왕 사해 용왕님 영가태평 강신하
되 일체하회 동참하시옵소서 남산부주 억울하고 분통
하고 그저 저 역사의 질곡에 허우적대며 죽은 모든 원
귀들, 모든 원귀들, 육로로 환생하옵소서

4

　사랑한다, 사랑한다 그대여,

90

내가 그대에 대한 사랑을 배반하게 되더라도 온갖
꽃들이 나무로 자라 손바닥만한 잎새들이 하늘을 가리
는 날, 그 어느 길일을 잡아드리는 인신 공양의 제사
에 발걸음하여주오 약속해주──산비탈의 풀내음보다
더 빨리 방문하겠다고

피어라 당신의 꽃들, 흔들려라 당신의 나무, 이파리
들이여, 나는 천제의 아들이며 하백의 손자 내 뇌관을
건드리지 마세요 나의 폭발은 너무도 적막해서 쥐도
새도 모르게 당신의 숨통을 끊어놓아요 있잖아요 뱀의
혀처럼 고통은 없어요, 순간이에요, 그대의 삶처럼 어
서 오세요 꽃잎처럼 지는 당신 와서 영원한 잠을 자요
그대의 육신은 이미 죽은 거미의 속처럼 비어 있는 지
옥이군요 기억해두세요 나의 살의를

창녀들이 땅을 파고 기초를 묻고 기둥을 세우고 지
붕을 덮고 벽을 둘러 집을 다아 짓고 나서 요절한 미
륵을 유혹한다 잘해드릴게에
당신의 폐허에서
일어서자

아무런 회의도 품지 않은 채 시월 강물에 떠다니는
마지막 꽃잎처럼 자꾸 어디론가 가고 있어요 당신의
바람이 대숲에 불면 제석은 복을 주고 칠성은 나의 명
을 늘여주오

수광 용왕님 밤이면 항상 향기로운 비를 내리시고
낮이면 햇솜 같은 볕을 주시사 섭화는 온 세상의 땅에
향즙을 뿌려 아름답게 하시사 개울과 절벽은 저절로
무너지시사 똥을 눌 때는 땅이 열리고 다 누면 다시
합쳐지시사 맛없는 과일이 없고 삼독번뇌가 사라지시
사 타화자재천, 화락천, 도솔천, 사천왕천, 도리천,
야마천, 도둑처럼 문득 오시사 대위와 천개의 연호를
칭하사 술과 꽃 사이, 유리처럼 맑은 하늘 아래 용화
정토 이루시사 그대 대취의 춤을 추시사 그대 대취의
춤을 추시사

낙산 바다

이젠
반가운 게
없구나, 애야
삼월이 가고
윤삼월이 오고 가요
사월 초파일에는
홍련암에 또
등 달러 가셔야죠
어머니가 뜯어놓으신
달력처럼
어머니 끄으는 연분홍 치마 뒤로
수북해요, 세월이
눈물이 참
낙산 바다처럼
주렁주렁하네요
거울 속에
방울 소리
어머니,
제 칼 받으세요

우울한 地圖

No. 1

| 본적 | 상원도 고성군 거진읍 석문리 壹四七 번지 |

서기 壹九五五년三월二十일 북위 三十八드 이북지역에 소재하여
역도에게 멸실로 재제
서기 壹九二四년 拾壹월 貳拾일 일부가 멸(년월일마상)로 재제

전호주와의 관계	망 咸義柱 의 자		전호적	
부	망 咸義桂	본	일포적 / 신호적	
모	망 李春實	강릉		
호주	咸永珠	출생	서기 壹九貳五 년 拾월 廿 일

고성군 거진읍 석문리 壹四七 번지에서 출생
서기 壹九四四년 八월 貳拾일 전호주 사망으로 호주상속
서기 壹九四四년 九월 貳拾일 許璉玉 와 혼인신고
서기 壹九五九년 五월 參 일 처 許璉玉 과 협의 이혼신고
서기 壹九八二년 拾貳월 拾 일 許璉玉 과 혼인신고

부명	許昌極	너	金海	전호적	함북도 무산군 연사면 등연동 番四八번지 호주 許昌極의 자
모명	金連順				
				입적 또는 신호적	고성군 거진읍 석문리 番四九번지 호주
처	許連玉			출생	서기 壹九貳四년 八월 拾六일

서기 壹九四四년 九월 貳拾日 咸永珠와 혼인신고

서기 壹九六九년 五월 參일 부(夫) 咸永珠 와 협의 신고래력
한경북도 무산군 연사면 등연동 番四八번지 호주 許昌極가
무후로 인하여 부등 서기 壹九六九년 五월 參일 신고래력

부	咸永珠	남	본	전호적	
모	許連玉				
				입적 또는 신호적	
자	善鶴			출생	서기 壹九四七년 番월 貳拾일

고성군 거진읍 석문리 番七四번지에서 출생 서기 壹九五五년 六월 貳拾貳일 부 신고

서기 壹九五四년 貳월 拾貳일 오후 四시 貳拾분 고성군 토성면 아야진리 불상 번지에서 사망 서기 壹九六九년 五월 貳拾일 부 신고

고향집, 폐허

봄이면 창부타령—음풍농월의 시절이라 진달래꽃 만발한 솔숲에서 지화자 여편 사내들 잦은 굿거리 장단에 綠·靑·紫색 빛 속에서 저벅저벅 한세상 놀아나던, 어머니 하얀 코고무신에 키 작은 제비꽃 미련도 없이 꺾여 하염없이 져버리던 淑아, 봄이면 창부타령 꽃잎처럼 한세상 빈 찬합 들고 몽중설몽, 소로대로, 헤매다, 취하다, 엎어지고 자빠지며 돌아오는 길 (인생은 그날이 꽃과 같았다) 꽃들은 피어 마른 수수깡벽 장마의 궤궤한 창호지 위에서 번식해가던 청록빛 곰팡이의 숨막히는 무거움 그 집 울타리로 울창한 목단화와 일월 송학에, 이월 매조에, 칠월은 횡재수, 오월은 술 아니면 떡이라, 팔월 공산에 어느 임 만나 이 한시절 삼월에 산보하랴마는 淑아, 물고기같이 동그란 눈 뜨고 공장 갔던 누이가 눈맞아 돌아오지 않던 그 길 (인생은 그날이 꽃과 같았다) 송진내 가득한 솔가지가 어느 산간의 폭설에 부러져내리고 내 어린 육신의 살집을 타고 울리던 징소리 징소리와 저 시린 겨울밤을 찢고 환한 마당에 날 서 있는 시퍼런 식칼의 울음 소리—인생은 그날이 꽃과 같아 단 한 번의 몰락으로 나는 죽은 뿌리의 욕망을 알게 되었다 지화자, 내 가

여운 풀씨들은 뿔뿔이 헤어져 갈 길을 모르고 비에 젖
어 잎 지는 그 집 뒷마당의 속 빈 나무, 저 고요한 날
들의 쉼 없는 전쟁의 시절, 눈감으면 붉은 기와 위에
잡초 무성한 淑아, 봄이면 창부타령——, 인생은 그날
이 꽃과 같아

바다가 보이는 극장으로 가는 유일한 길

　나는……, 날으는 비닐 봉지 같은 누추한 세월이
지나갔다 누이야 억센 바람이 상점의 간판을 날려버리
고 지금 마당엔 빈 꽃그늘만이 하염없이 흔들리다 곧
져버렸다 저 바다 영금정의 흰 등대에서는 정오의 사
이렌이 뚜우뚜우 울리다 내 유년의 귓바퀴에서 푸른
무릎을 보이듯이, 오바로꾸 친 살랑이는 너의 눈부신
치맛단처럼 아득하게 몽롱해져간다 누이야, 춘삼월의
꽃처럼 소리없이 너는 먼 산처럼 푸르다 푸르다 네 가
슴속에 무덤 하나, 그 무덤은 참 아름다운 세계이다
나는 네 등뒤에서 홀로 모든 사물들이 저무는 어둠의
소용돌이를 보았다 바다가 보이는 극장으로 들어가는
너의 발소리를 들으며 나는 새로운 비늘로 갈아입은
회귀의 물고기가 강의 하류에서 상류로 헤엄쳐가는 장
관을 돌아서버렸다 누이야 거기에서 나는 선풍기 날개
같은 비늘을 만져 허약한 발을 만들고 물풀 같은 지느
러미를 여며 열 개의 손가락을 미친 것처럼 피워댔다
밤 그런 미시령의 눈밭을 가는 좌·우에는 소금기 가
득한 나의 체취로 가득했을, 아마 어느새 나는 가벼운
가시였을 것이다 아픈 누이야 지붕에 버려진 흰 이빨
처럼 수북한 저 꽃잎을 보아라 내 빈 속에 가득 차 있는 이 꽃의 이름은 무엇이냐? 누이야, 화분 속으로 눈이 온다 바다가 보이는 극장의 어마어마한 입간판 그림이 나에게는 왜 이런 전위적인 화풍처럼 보이는지 먼 바다에 울먹이는 눈은 내린다 이 극장을 오른편에 두고 지나치는 외길은 바다로 향하는 유일한 길이다 자전거가 극장 안으로 들어간다 (이 사람이 맛없는 자장면을 만드는 사람이구나) 누이야, 그리고 이 꽃의 향기는 만리를 퍼진다 황금숲에 사는 흰 새는 이 길을 따라 그 울창한 숲으로 돌아오지만 나는 돌아오지 말았어야 할 바다로 다시 돌아왔다 이 파렴치를 용서하라 잉태의 어류들이 빛 발하는 수면을 거슬러 오르는 물소리를 듣는 투명한 꽃잎 속의 나의 바다, 거대한 나의 바다가 몸을 바꾸고 있었다

푸념 산조

이녁이요, 저 부유하는
뜬구름의 운명 말이래요
그래, 어차피, 모든 꿈꾸는 자들은
노숙의 운명에 처해 있지요
어머님, 해서, 나는
사실 아무데서나 자랄 수 있는 놈으로서요
말하자면
날리는 들판의 꽃잎처럼
좋이 버려지길 바라는 놈이란 말이지요
허다하게 꾸는
우리들의 꿈들이라는 게 또 그렇지요
왜, 아니 슬프겠습니까마는요
그거이 원래, 제 살 깎는 아픔을 희열하는
생겨먹은 게 그런
자학이나 자기 비하일 터이지요, 그렇지요
사는 게 생각하다 보면
삶에 눈멀어 사는 게지요만
그래서, 길에서, 자빠져 자는 거우다
정하지 못하여
망설이거나 설레면서

흔들리면서 가는 거우다
이 산, 저 산 가리지 않고
어물쩍
뚝, 딱, 의심하면서
이 길, 저 물
흩어지는 구름의 길처럼

붉은 꽃

봄보다 내가 먼저 선운사 찾았더니
그 붉은 꽃 아직 다 피지 안 했습니다
송악의 덩굴처럼
내 등에서 저 큰 바위 치워주십시오
꽃으로 다시 태어나
꽃 속에서 노란 수꽃술처럼
긴 기지개 켜며 일어나 앉겠습니다
오, 저 연기의 그림자
(저 하늘은 이상하게 수상하다)
(푸른 바다에 흰 소 간다)
시님, 그림자에도 그림자가 있습니까?
더러운 이부자리 덮고 양말까지 신은 채
나는 옷도 못 벗고 잡니다, 벗은 창녀
그 청초한 꽃잎 속에서
나는 옷도 못 벗고 잡니다

(시퍼런 보습처럼 빛나는 바다)
봄보다 내가 먼저 선운사 찾았더니
선운사 사천왕님은 칼을 들어 나를 쳐
붉은 꽃 산신각에 기대

간밤 빈 속을 모두 들키었습니다
마음 밖에 천국 있고
마음 밖에 지옥 있으니
내 안은 정말 결백합니다
(배 지나간 자국 위에
소 발자국 그득하다)

千佛, 臥佛, 와글

이보게요, 둔눈 부처님네요
이젠 말이래요, 그, 헛된 꿈일랑은
제발 설라무네, 네, 그만 꾸시구요, 어서, 어서, 인
나시구래
혹여, 곱새기게도, 둔눈 부처님네는요
그 춘몽을 갔다설라믄
생시로 여기고 계신 것은, 아닌 게, 아닌지, 말씀이래
철면피같이 말이지——
허면, 저 암불의 두 가랑이는 내 해로 삼지
그, 대 숫불이 제 꿈속을 노닐다 돌아와봐도
저 암컷의 가랑이를 본디 제 것인 양
노래부르지 못할 것이구만이래
아니면 잠 경기에 그 꿈속을, 헤매기를,
계속하고 있든지 말이오우다
거, 저, 운주 절간의 천불들은 좀, 조용히하시길
저, 암불의 몸이 긴장으로 굳어
도통 그 여린 꽃잎이, 어서, 열리지가 않는구만이래
허긴 저 와불도, 천불의 와글 소릴
다아 듣고 있겠지만이래, 저 숫불은 좀체, 둔눠서
인날 생각을 안 하고 있구먼 저,

벼락, 탁, 맞아죽을, ──얼럴러 둥기, 둥기
보우게 천불님들, 그만 와글대고 저,
암불님네 몸이 열리는 걸,
저, 그만 환한 시상을 보우게
저, 햇빛을 발하고 있는, 헐벗은 나무를,
밭 가운데──
세상 중심에──
저, 상상 임신을 통해 출산한 아이

구부러진 길

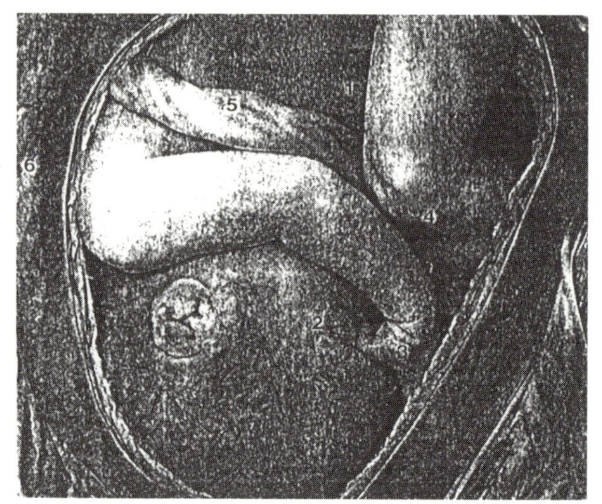

　신문의 날에는 신문이 오지 않는다 그래서 나는 목
수들에게 계단의 단수가 맞지 않는 것 같다고 얘기했
다 목수는, 그것은 신문이 배달되고 나면 이야기하자
고 못을 박았다 나는 죽은 식물과 같이 잠들었다 신문
은 항상 우유 투입구를 통해 배달되었다 거기에는 크
리스마스 악몽 같은 잘 길들여진 메르헨이 있다 자동
응답기가 말했다 오디세우스, 그가 포세이돈의 아들
폴뤼페모스의 눈을 장님으로 만든다 외디푸스, 그가

테베로 가는 길목에서 스핑크스가 낸 수수께끼를 푼다
신문은 아직 오지 않았다 나는 하는 수 없이 나의 개
인 신상 정보를 유용해도 좋다고 카드 회사의 계약서
에 서명했다 너무 계통 없이 처먹었더니 내 뱃속에서
미국형 상업 자본주의가 부글부글 끓고 있다 노래는
망조다 They were clothed with being[27] 이 자물쇠의 뒤
에는 나의 집이 있다 그 구부러진 길들 주위가 온통
늪이라고 나는 생각했다

대포항으로 가는 당신들

추워서 못 살겠어요, 이 겨울을……
만두 드세요, 어머니, 여보세요?
중국에서 만났었죠?
우리는 인천 부두에서 만났다
북경에서요
죽음 동안 다녀왔네 적막한 물길
돈황은 좋았나요? 갈매기가 노을을 덮고 있다
내 머리에 누가 이런 요란한 시계를 넣어두었을까?
정월 대보름의 길
혀가 진흙으로 변한다
人民, 人民입니다, 북조선……
기차가 떠났다 흑백 필름처럼
병신, 헤어져
기차는 길다

이 죽음 동안 우리는 바다로 간다
어머니는 관 속처럼 편안하게 누우셨다
자꾸만 뒤돌아본다
햇살이, 햇살이…… 아름다운 내 연인이여
담배, 담배 고파

오늘도 그녀는 8밀리 가정용 비디오를 본다
붉은 풍선이 울음처럼 터져버린다
모든 행복은 그 안에 다 들어 있다
밤을 새우고 난 후에 견디는
이 빛의 무게
바다다——, 대포항으로 가는 당신들
(——울고 있니?
——아니.
——울고 있구나)

엄마야, 누나야

누나야, 사는 게, 왜, 이러냐
사는 게, 왜, 이리, 울며, 모래알 씹듯이 퍽퍽하고
사는 게, 왜, 진창이냐
엄마야, 누나야
이젠, 웃음마저도 시든 꽃처럼
무심한 손길도 왜 가슴 데인 화열처럼
왜, 쉬이 넘기지 못하고, 가벼이 사랑치 못하고 말
이다
우리는 자꾸 흐린 앙금처럼 가라앉고 마는 건지
정말 우리는 못됐구나 누나야
관음보살 같던 고운 네 손도
음울한 기계음에 피멍져
니, 이제, 천상, 야근에 찌든 노동자구나
가슴에 어린 죽음을 묻고 파도처럼 가라앉던
술집 간나이들 빨래 더미에 허리 휘던
밤이면 훤한 창에 보호수 소나무 흔들리던 방
엄마야, 누나야
햇빛에 현란한 은수원 사시나무의 황홀한 발광도
나는 꼭 더럽게 심사가 꼬여 눈감고 말았다
사는 게 왜, 이리, 숨막힌 것인지 엄마야

강변에 햇살이 표창처럼 반짝일 때 누나야
저 억장 무너지는 바다에
물안개가 니, 부서지는 웃음처럼 번져올 때
나는 이 악물고 이 모든 아름다움을 부정한다
엄마야, 누나야
네 얼굴에 박힌 웃음이
언 강 물밑처럼 풀려나갈 때까지
모든 꽃들은 사기다

구지가

아버지 뱀 나온다 하시고
어머니 물가에 가지 말라 하셨네
수국이 번성하던 유년의 흰 마당
나 갈 곳 없어 방황하네
나 푸르고 흰 바다에 잠겨
찰랑이는 세상의
멀고 먼 아침을 보았지
눈으로 볼 수 없는 현묘한 육신으로
빚은 나에게
그 몸을 보여주었던 것이라네
세계의 그 너머를 상상하지 않으리
죽음의 떡을 쥐고
물오리가 날으는 강변에서 나는
내 삶과 죽음이 교차하는
해와 달을 보았네
나는 이 세계의 끝에 서 있었다네
팽나무 가지를 꺾어 빈 땅을 두드리며
어디에도 없는 나의 노래를 부르네
존재하지 않는 땅
나 갈 길이 멀어 시장함을 달래고

죽음에 배 부르자 먼저 노래로 시작하네
나타내어라 세계여
안 나타나면 머리를 구워
삶아 먹으리

처용 아내가 부르는 황금빛의 노래

임은 셔블 밝은 달 아래 노닐러 가구요
이 몸이 보는 잎 피우지 못하는 나뭇가지에 걸린 달
사분 오열되어 있었겠지요
날은 보름이라 임이 주신 뜨락에는 어수선한 붓꽃
들이 처량해서요
화주에 취한 여편네처럼
내는 울었지요 청승맞게시리요
글쎄, 대저 이년의 슬픔이라는 게 하릴없고
더러는
여름 소낙비처럼 갑작스럽게 소식 없는 것들이라서요
허지만 이년도 제 슬픔에 하냥 설워서
달빛에 흐린 꽃들 사이로 고운 얼굴 묻고 울었지요
그나마 이년은요 발정난 노새 울음처럼 한번
시원하게도 울지 못하는
자꾸 흐려지는 꽃잎처럼 뚝뚝 속병이 되는 눈물만요
그래서, 임의 품만이 품임감요
뜨거운 숯불에 다 태워진 찻물처럼
황금으로 태어나는 돌의 불 속으로
나중 몰락의 길을 노정한 한 사내가 들어왔지요
독 없는 뱀이라구요?

나는 불의 구덩이였대요
여성인 것 속에 숨은 파괴
때로는 불의 모습으로
때로는 꽃의 모습으로
불은 왜 꽃의 모습을 하고 있을까요?

임은 밤들이 노닐다가 오실 줄 모르구요
후후, 달은 밝았어요

그 여자의 십칠 세

　암컷인 나, 꽃다발 가득 안고 숙희, 은정이, 병자와 함께 사진을 찍는다 독서실 창문 위에서 수컷인 너가 담배 연기를 뿜으며 손을 흔든다 아직 서투른 수컷인 너, 어린 암컷인 나의 조그만 유방을 잡는다 영화처럼 가늘게 떨렸지만, 뭐 이래, 라고 생각한다

　은희는 정현이를 좋아한다 봉원사로 가는 이대 후문 육교 위에서 보충 수업의 암컷들이 동성의 결혼식을 올린다 둘은 행복하게 살았다 그러나 꼽추 암컷인 정현이는 사실 자신의 불우와 꽃을 더 사랑했다 그러다, 낙타 같은 등을 눕혀 아, 흘러가는 화사한 한 시절을 좇아 자신의 짧은 생을 스스로 마감한다 꼽추는 바보다 이쁜 은희는 몇 날 며칠을 울다 반공 전시용 탱크 안에서 젖은 연탄을 피우고 따라 죽었다 그러자 슬픈 암컷들은 빛 작열 속에 꽃을 던지고 우르르 학교로 몰려들어 아침 자습을 했다 누가 정학을 맞고, 조숙한 수컷들은 어린 여선생과 사랑했다 진심으로 죽음에 대해 눈물 흘리는 자는 십칠 세의 계집애들뿐이었다

　암컷인 나, 일찌감치 담배와 술로 생을 탕진할 것을 맹세한다 수컷인 너, 아이처럼 암컷인 나의 입술을 건

드리다 만다 바보, 바보, 바보, 영어 자습서로 수컷인
너의 머리를 마구 때린다

　학교를 믿지 마라, 어느 날 동생인 암컷의 서랍에서
휘 솔담배를 발견한 언니인 나, 대신 이렇게 쓰고 서
랍을 닫는다 이대 후문을 지나 봉원사로 오르는 길은
학교 아니면 카페였다 희영이는 병규를 좋아했지만 병
규는 강희를 좋아했다

　그 길에도 꽃이 피었다 육교 위에서 밤새도록 소주
를 마시고 학교에서 잤다 암컷인 나, 제철을 모르고
피는 혼미한 꽃의 길을 따라 이쁜 은희를 만났다 육교
위에서 아이들은 미치거나 대학에 갔다 정현이의 유방
이 곱사등처럼 부풀어 있었다

　아무것도 먹지 않고 살 거야, 나비처럼

胎 室

가시는 어머님이 드시구요
저에게는 살만 주셨지요
눈알 얹어주시고
머리카락도 베어 삶아주셨지요
밥뚜껑에 뜬 김 서리으면
나는 뱀처럼 이슬 받아 먹었지요
오래 살으라구요
십 원도 주시고 오원짜리도 주시었지요
젯밥 물에 말아, 먹으라
하시면, 잘도 먹었지요 부끄러움도 없이
왜 그렇게 오랫동안 빼닫이에
제 탯줄 감추어두셨나요
그 흉측한 것이
당신과 나의 숙명임을 알았을 때
이 병신은 한참을 놀랐습니다 말도 못 하구요
따뜻한 돌 품고 주무셨지요
단구동 그 집에서
지는요, 어머님의 업인가 봐요
풀지 못할……
새벽밥 해주시고

도시락도 넣어주셨지요
스스로 생일 차리시구요
많이 먹으라, 하시면
아귀―, 그리면 제 날인 양 먹었지요
나는 돼지
어머님, 더 주세요, 더 주세요

물숲에서의 장례

나는 왕이로소이다 어머님의 그 처절한 보시의 한 가운데서도 내몰린 악랄한 살모사 새끼의, 어머님마저 제 살이 뜯기는 아픔에 그만 먹이던 젖을 떼고 歡喜園의 꽃숲 사이로 도망친, 그리고 별, 그리고 겨울과 바다와 아주 오랜 잠속에서의

춤추는 바닷속 깊음을 본 적이 있는 자들은 안다
산란하는 불의 들판과 해발의 등고선을 타고 오르는 부푼 바람의 무게를
팽창하는 날개에 싣고 솟아오르는 은빛 갈매기들의 너무 참담한 꿈들을
저 슬픈 바다가 품고 있는 목선의 녹슨 쇠못이 견디어낸 징그러운 한세상의 오욕들을 추억하게 될 것이다
나는 열심히 살라는 말이 꼭 욕처럼 들린다 우리가 막 머리 위를 지나는 철로의 굉음에 온몸을 떨 때
세상이 손거울 속 풍경처럼 적요해 보일 때

나는 자신의 날개를 저어 날아가는 새들이 자신의 날개 위에서 부유하고 있을 뿐이라는 생각이 든다 우리는 모두 별들의 아들이다——그 물의 숲에서 한세상

의 꿈을 꾸어본 적이 있는 사람들은 안다 그대 이마 위를 떠돌고 있는 습한 공기에서 묻어나는 방부의 소금기를, 썩어진 채 잠든 화려한 주검들을, 성성한 방 뿡님 사이에서 인간의 아들들이 신의 돌에 맞아 죽고 밤바다 별들의 음악에 맞춰 춤을 추며 새로운 아이들이 자라났다 화사하게 눈꽃 핀 겨울 강변의 영하 속에서 자신의 복부에 친구의 칼을 기꺼이 받아본 적이 있는 자는 그 자기 환멸의 뜨거움을 끝내 다른 사랑의 이름으로 간직하게 될 것이다 생은 아무런 의미도 없었다고, 왜 그리 자학적이어야 했는지 변절과 누항의 겨울을 흐르던 안개는 안다 그곳에서는 안개가 사람을 미치게 하고 이제 검은 아스팔트 같은 그대 생을 녹이던 청춘의 뜨거운 하오를 지나 어느 초라한 결혼식장에서 너, 잘 닦인 구두 끝으로 엉거주춤 서 있다 (이제 니, 뒤돌아보지 마라 더 이상 미련 두지 말고, 더 이상 의심하지 말고, 저 언 겨울강에 손 씻고 발 씻고 어서, 어서 가라) 아브라함의 칼날이 이삭의 심장을 파고들었고 야훼는 끝까지 말이 없었다 우리는 모두 그렇게 불태워질 운명이었는지

아아 얼마나 그 갈매기들의 불길한 예언에 귀 막고
싶어했던가 나는 왕이로소이다 가장 거대한 무덤에서
놀고 있는, 내가 청동검을 쥐고 삶은 개[28]의 인도를
받을 때 수장된 영혼들이 깊은 곳에서 수면으로 떠오
르고 신성한 향내가 안개와 같이 바다를 떠다니던: 이
낯선 바다를 나는 보지 못했다

생이여, 옷깃만 스쳐도 인연이라는 이 엄청난 우연:
나는 죽어도 괜찮은 놈이다 사이렌이 숨가쁘게 울리는
폭풍주의보의 항구를 지나 관절염의 뼈마디를 밟고 가
는 원산행 기적 소리; 희망은 절망이 게워낸 오물일
뿐이었다: 나의 어린 사내들은 누구를 향한 것인지도
모르는 복수의 칼날을 하염없이 갈았다 내 처녀들은
안개가 걷힐 때까지 몽롱한 눈들이었다 하늘에 먼 옛
날의 별들이 반짝이며 빛나는 것처럼 자신의 피를 흡
입해본 적이 있는 자들은 안다——그 눈동자의 우리들
은 모두 별들의 아들들임을: 그 불의 알을 삼킨 자들
은 모두 하염없는 바다에 몸을 던지고 싶어 안달할 것
이고 떠도는 안개로 스스로의 교살을 꿈꿀 것이다 수
장된 자신들의 영혼이 건져지길 바라지 않을 것이다

나는 안다 불타는 바다의 비밀한 풍경을 훔쳐본 자
들의 불행한 영혼은 스러지지 않는 고독의 화기로 늘
괴로워할 것임을 누구나 한번쯤은 불멸을 꿈꾸리라 스
스로 징벌을 낮아들이고 싶어하는 저 부서지는 파도의
죽음, 나는 왕이로소이다 울며불며 환희원의 꽃숲 사
이를 찾아 헤매는 어머님의 가장 무서운 아들——붉고
푸른 꽃들이 지는 악몽의 잠속에서 저 고요한 세상의
하염없는 신호들을 보내고 싶다 그곳에 가본 적이 있
는 모든 것을 다 알아버린 자들, 불행한 그대들에게

봄편지

안녕하세요
봄날이네요
얼음 속에서 주신
그대의 차가운 서한
잘 받아보았습니다
딴은
그 즈음에도 저는
결빙한 불의 모습을 참
시리게도 보아왔던 것이지만요
처음
꽃이 그 모습을
보여주었을 때
제 호주머니에서 흐르던
당신의 사연은 그만
재가 되어버렸습니다
한번 펄펄
사르어지지도 못한 채요
그래서 무언지
이 허망한 봄날 그대에게
꽃잎처럼 보이시면 좋게스리

한 몇 글자 적어보는 겝니다
내내 건강하시구요
음력 사, 오월에는
동북 방향에서 오는 낭인을 조심하셔요
그러게요,
붉은 꽃의 줄기를 지나
어떻게 얼음 속에서도
자신을 타오를 수 있을까요?

상상의 몸

나는 산개해 있다
나는 무수한 길 위에서
있었고, 맥락 없이
존재했다 나는 이끌렸고
소금처럼 굳어버렸다
결정의 빛은
언제나
아름다웠다[29]

주
——바벨탑에서의 하룻밤

1) 부다의 탄생지인 룸비니 근처 석가족의 성. 부다는 그 모든 권세와 아름다운 부인을 버리고 오직 자기 가슴속의 욕망만을 간직한 채 이 카필라바스투의 동쪽 문으로 출가한다. 성은 피폐하고 한 인간의 욕망은 유구하다.

2) 이윽고 깨달음을 얻은 부다가 카필라 성에 다시 돌아왔을 때 그의 부인 아유다라가 부다에게 던진 질문. 경전은 아무 대답이 없는 부다의 모습을 전하고 있다. 그러나 이 질문은 내 옆에서의 깨달음, 출세간보다는 세속에서의 깨달음을 일깨우고 있다. 아마도 부다는 이 질문을 통하고서야 비로소 완전한 깨달음에 도달할 수 있었을 터.

3) 『챤도갸』.

4) 악마의 세계로 돌아온 비로자나는 악마들에게 육신만을 믿고 육신에만 봉사하며, 또한 그리하는 자는 현세와 내세를 얻는다고 가르치기 시작했다. 『챤도갸』에서는 이를 진정한 의미에서의 악마의 율법이라고 했다. 왜 그런가?

5) 크로아티아人 미랴나 부즈크(女, 32)가 스플리트 시에 살고 있는 크로아티아軍 병사 이반 즈나오드에게 쓴 편지.

6) 무굴 제국의 왕 샤 자한은 사랑하는 자신의 왕비 뭄 타

지마할(후궁 중에서 제일 아름답다는 뜻)의 무덤을 건축한 후, 다시는 이런 아름다움이 존재하지 않도록 동원된 장인들의 손목을 모두 잘라버렸다.

나는 다시 이 광기에 사로잡힌 탐미주의의 공간을 반모더니티를 간직한 아나키한 공간으로 개조한다. 20세기 서구 모더니즘이 죄악시했던 모든 것으로만 이루어져 있는. 나는 모더니즘의 손목을 자른다. 다시는 이런 추악이 이루어지지 않도록.

(이 공간은 타지마할과는 달리 나에 의해 새롭게 창조되는 공간이므로 외래어 표기법에 따르지 않고 타즈마할로 표기한다.)

7) 영지주의의 한 분파인 카타리파의 기도문 중에서.

8) 스타인버그는 현대 도시를 야유하고 있다. 그러나 이미 현대는 야유와 조롱에 면역되어 있다. 어쩌면 지금의 인

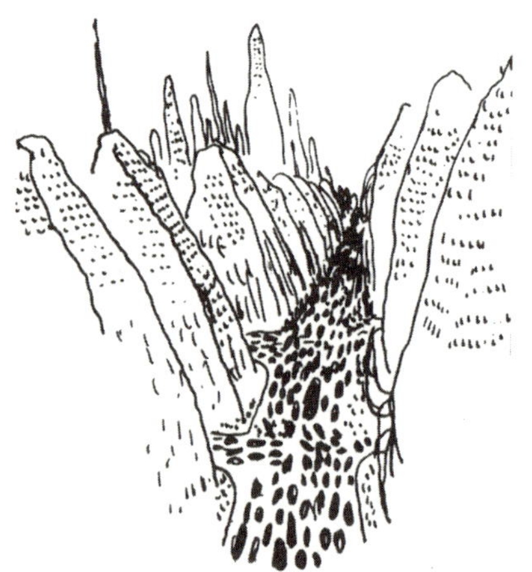

스타인버그의 풍자 만화「현대 도시」

간에게 있어 자연이란 숲이 아니라 도시일는지도 모른
다. 도시는 재편성된 자연이다. 그 자연이 본래의 자연
과 불화할 때, 한 종의 운명은 이미 사라질 위기에 처한
것이다. 인류는 이제 생존의 전략을 피해 스스로 멸망의
방식을 택해야 할지도 모른다. 우리가 두려워하는 것은
자연의 죽음인가? 아니면 인류의 죽음인가? 우리는 도대
체 어떤 죽음을 두려워하고 있는가? 인류가 멸망해도 전
지구의 자기 조직계는 건재할 것이다.

9) '느이ㅏ ㄹ개 ㄴ개ㅑ 챗대ㅑ래ㅑ' 나는, PC 통신에서 이
런 폭소를 본 적이 있다. 이건 웃음 소리를 본딴 의성어
가 아니라 웃음이고, 웃음의 흔적이고, 웃음의 태도이나.

10) 아인슈타인은 그 스스로 양자역학의 중요한 이론적 토
대를 제공했음에도 불구하고, 1925년부터 형성되기 시
작한 양자역학의 비결정론적 체계에 대해 "신은 주사위
놀이를 즐기지 않는다"는 말로 사실상 자신의 이론을
스스로 거부했다. 이 현대 물리학계의 유명한 스캔들
은, 아무것도 아닌 우리의 존재를 인정할 수 없었던 한
모더니스트의 아이러니이다.
우리의 연에는 얼레가 없다. 지화자!

11) 유인원 오스트랄로피테쿠스에서 현재의 인종 호모 사피
엔스로 변화해온 것은 약 4만 년 전. 종의 수명은 약
30만 년으로 추정되는데 미래인 에데노피테쿠스(이빨
없는 원숭이)는 머리가 거대해져 균형 유지를 위해 발
은 커다란 편평족, 치아는 퇴화하고, 팔과 다리는 사용
량이 적어 가늘어진다. 그와는 또 다르게 사흐노프스키
백작의 인간 디자인이 있다. 사흐노프스키 백작의 미래

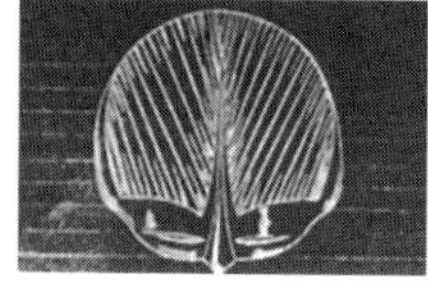

노출된 새로운 인간 종족,
입면과 평면

의 인간들에 대한 아이디어. 귀와 코는 사흐노프스키식으로 유선형화되었으며, 머리카락은 단지 장식만을 위해 사용되어질 것이다.

12) 러시아군을 가리키는 체첸인들의 속어.

13) 체첸 시민 결사대의 명칭.

14) 죽은 사람들에게 묶어주면 천국에 간다는 징표.

15) 레바논 시크 민병대원의 말. 『COLORS』 한국판 14호.

16) 베트남전에서 미군들이 밀림을 초토화하기 위해 사용했던 고엽제.

17) 어느 베트남 인민 해방 전사가 호 치민에게 바친 헌사.

18) 마르두크는 바빌로니아의 신으로, '태양의 숫송아지'라는 의미이며, 머리가 둘이다. 특히 질척거리는 혼돈 속에서 사는 암룡 티아마트의 몸으로부터 우주를 구한 것으로 유명하다.

암룡 티아마트는, 누구든지 그 서판에 가슴을 치면 세계의 최고 통치자가 될 수 있는 투프시마티를 그의 두 번째 남편인 킹구에게 주었는데 그 킹구의 피로 인간을 만들기 위해 마르두크가 킹구를 살해한다.

19) 알타이 샤먼이 천계상승의 체의 때 행하는 우주의 중심에 서 있는 세계수로서의 자작나무를, 그 지하의 뿌리를 중심으로 하는 세계로 변용한 것. 나의 이런 작의에

서는 샤먼은 가지를 타고 상승하는 것이 아니라, 지하로 하강해 그 뿌리를 만지게 된다. 결국 자작나무를 통한 천계상승은 샤먼 – 뿌리 – 줄기 – 잎의 관계로 반드시 샤먼의 죽음을 필요로 하고 있다. 나의 죽음을.

20) 라틴어. 신의 뜻대로.

21) REBIS: 하나가 된 둘.

$\varepsilon \upsilon \tau o \pi \alpha \upsilon$: 모든 것은 하나에, 하나는 모든 것에.

누이와 남동생을 결합시켜 사랑의 잔을 마시게 하라.

——『아틀란타 푸가』, 1617년.

22) 네스토리우스 학파적인 변형. 나는 여기서 신약을 구약에 대한 단절이며 사죄의 형식으로 본다. 따라서 종래 기독교의 원죄는 인간에게서 신에게로 떠넘겨진다. 나는 상처입는 영혼이다.

23) 「紀異」, 『삼국유사』.

24) 「견훤」, 『삼국유사』.

25) 『정감록』.

26) 예수는 신의 아들이면서 신 자체이다. 신은 마리아의 몸을 빌려 肉을 입게 된다. 아들이 어머니와 관계해서 또 다른 신성을 낳는 것이다.

27) 이집트 신들의 서기이자 지혜의 신으로 알려진 토트 Toth가 생명을 창조하는 주문. '그들은 존재를 입게 되었다.'

28) 아누비스Anubis: 머리가 개의 모양인 이집트의 장례신. 천칭으로 사자를 저울질하며 미라를 만든 후 분묘의 수호자 역할을 한다.

29) 세계가 무너지기 전에 내가 먼저 무너져야 한다. 오디

세우스는 마녀 사이렌의 유혹으로부터, 무엇보다도 자신의 여행을 지켜내기 위해 선원들의 귀를 밀납으로 봉하고 스스로를 돛대에 결박한 채 사이렌의 유혹을 들으며, 견딘다. 그는 귀를 열고 몸을 묶는 노래의 황홀에 몰입해 있고, 스스로 몸의 고통 속에 빠져 있는 자이다. 그 고통의 기억과 몰입의 기록(나는 이 경계에서 미세하게 떨고 있다). 이 여행은 욕망을 끊기보다는 새벽 안개처럼 일어나고 있는 욕망을 지켜보며 가는 여행이고, 궁극적으로 금지된 지식에 관한 여행이다(너무 많은 것을 보았으므로 나는 쉼 없이 지껄이고 있다). 자신의 매혹과 몰입을 지켜봐야 하는, 분열하는 상상의 몸, 저 결박당한 시인의 몸, 오디세우스.

아름다운 폐허, 신성한 기억

백 지 연

함성호의 시는 20세기 문명의 황막한 풍경을 투시하는 우울한 지도이다. 그의 시는 화려한 빛깔을 자랑하는 현대 도시의 경관을 죽음의 기운이 스멀거리는 '유적지'로 비유한다. 세련된 고층 빌딩들은 시멘트 냄새를 풍기는 앙상한 철근물에 지나지 않는다. 자동차와 광고와 비디오 게임이 자랑하는 첨단의 문화는 우리를 속이는 허무하고 불온한 신기루이다. 그리하여 시인이 살고 있는 여기 이곳은 "죽음의 장소이자 모든 환각과 약물의 성전"(「聖 타즈마할」)이다.

현대 문명의 박제화된 삶에 대한 함성호의 비극적 인식은 모든 것을 파괴하고 전도하려는 욕망을 잉태한다. "쉬어갈 그늘 하나 없는 이 길"(「모든 길들이 나를 부른다」)에 대한 시인의 절망은 역설적으로 모든 것의 첨단에 서려는 '전위'의 꿈을 불러낸다. 인공 낙원의 삶을

거부하고 신세계를 세우려는 시인의 욕망은 첫 시집인
『56억 7천만 년의 고독』에도 예민한 형태로 드러난다.
의미의 질서를 교란하는 난해하고 장황한 산문적 진술,
의도적인 각주 처리와 도판들은 현대 문명의 흐름에 민
감하게 반응하는 함성호의 시적 촉수를 보여준다.

이번 시집인 『聖 타즈마할』에서도 함성호는 시적 관습
을 깨려는 전위 예술가의 충동을 과시한다. "나는 빨리
이 첨단에서/보수로, 반동으로 나아가고 싶다"(「모든 길
들이 나를 부른다」), "나는 죽어도 이해받지 않으리라 당
대여, 부디 나를 비껴가길" "나는 자연을 부정하고 인공
을 예찬하는 위대한 허무주의자이다"(「聖 타즈마할」) 등
의 시구에서 드러나는 오만하고 당당한 음성에 귀기울여
보라. 그의 선언은 제도화된 예술 질서를 무너뜨리고자
발버둥쳤던 역사적 아방가르드에 대한 숨길 수 없는 흠
모와 경도를 담고 있다. 예술의 아우라에 도전하고 규범
적인 문학 양식에서 벗어나려는 전위의 욕망이야말로 함
성호의 시를 끌어당기는 가장 센 자력이다.

전위 예술가의 순결한 자의식과 더불어 함성호의 시를
규정하는 강력한 힘은 영원의 세계에 대한 무한한 동경
과 향수에서 발생한다. 문명의 폐허 위에서 시인이 걸어
가려는 길은 서정성 넘치는 시적인 세계를 북극성으로
두고 있다. 시인은 도심의 어두운 뒷골목에서 어머니의
코고무신과 제비꽃, 마른 수수깡과 푸른 바다가 일렁이
는 따뜻하고 눈물겨운 유년의 마당을 떠올린다. 메마른
도시 풍경을 투시하는 시인의 내면 밑바닥에는 이렇듯
고향과 유년에 대한 아름다운 기억들이 숨쉬고 있다.

「모든 길들이 나를 부른다」는 함성호가 간직한 '전위를 지향하는 힘'이 고전적이고 서정적인 세계의 기억과 결탁하는 지점을 좀더 선명하게 보여준다. 이제 시인은 자신의 내면에 깔린 고향과 유년의 기억을 '신성'하고 '유일'한 것으로 상승시킴으로써 불모화된 현대 일상에 맞선다.

"수국이 번성하던 유년의 흰 마당"(「구지가」)은 시인의 기억 속에 파도치는 거대한 바다이다. 원초적인 생명력을 내장한 유년과 고향의 기억에 견준다면 시인이 실제로 산고 있는 도시는 황막하고 음산하기 이를 데 없다. 편리와 풍요를 자랑하는 온갖 물질은 음산한 향내를 풍기는 박제된 유물과도 같다. 그러나 함성호 자신이 비유했던 것처럼 우리는 죽음의 냄새를 맡으면서도 도시를 떠나지 못하고 설운 울음을 묻는 비둘기들이다(「비둘기는 왜 도시를 떠나지 않는가」, 『56억 7천만 년의 고독』). 시인의 전언에 의하면 우리의 생은 미래를 저당잡힌 채 비극적인 세기말의 풍경을 응시하게끔 운명지어져 있다.

우리의 문명은 언젠가는
저 길 위의 소실점을 향하여 소멸해갈 것이다
———「이 화려한 유적지」에서

우리의 미래는 방화의 불화살로 자신을 점화시키고
그 화살과 같이 나날들은
알 수 없는 미래로 날아갔다
———「신은 주사위 놀이를 즐기는 중이다」에서

　찬란한 도시의 콘크리트와 철골과 유리의——광명과, 청춘
과, 신념은
　멋진 신세계에 대한 인류의 환영이었다
——「에이전트 오렌지」에서

　발전과 진보를 약속했던 문화적 징후들은 아득한 소실
점으로만 존재한다. 20세기 문명의 끝은 몰락과 파멸이
다. 사물들은 무한으로 증대하여 인간의 통제를 벗어난
지 오래이다. 실체 없는 이미지들이 춤을 추고 의미들의
질서는 끊임없이 교란당한다. 정치·진리·집단 등 모든
사회적 맥락들이 거세당한 채 기호와 사물만이 범람한
다. 그 광경은 '아름다운 폐허'인 동시에 '가혹한 풍경'
이다. 시인은 은밀하게 고백한다. "무너지고 있다 나는
또 다른 파괴의 꿈을 꾸고 있다 이 가상의 현실을 무너
뜨리고 나는 내 도면 위에 새로운 모더니티를 간직한 적
막의 도시를 구축할 것이다 파괴를 이룩할 나는 뒤늦은
구축자들의 적——, 중력을 거스르고 모든 형태는 칵테일
젓개처럼 뒤틀리고 휘어져 쓰레기 같은 인간들은 나의
새로운 공간 속에서 단 하루도 살아내지 못할 것이다 이
원시의 20세기 문명을 나는 참을 수 없다"(「쓰레기」, 『시
의 몰락, 시정신의 부활』, '21세기 전망' 제5집). 인간을
풍요롭게 하던 문명과 지식은 죽음만을 예시한 채 멸망
하고 소진할 것이다. 그렇다면 시인의 물음대로 "무엇을
건축하기 위해／우리는 또 무엇과 더 싸워야 하는가?"
(「에이전트 오렌지」).

내가 푸른빛의 정원에서

절대의 공간을 상상하던 한 날

침묵의 나무가 내 머리 위에 심어져

가뿐한 물의 알갱이처럼 상승하는

환상을 보았다

그 짧은, 그러나 말할 수 없이 고독했던 비행

을 기억하는 동안 나는 유일했다

그것은 나에게 아주 작은 틈을 보여주었던 것이다

빛이 직진을 멈추었다

모든 것이 정지한 채로 부유했다

세포가 둥글게 확산되는 이 느낌과

돌아갈 곳 없는 자의 안식을

나는 이 푸른 직육면체의 공간을 떠돌았다

허공을 오르는 무한한 계단을 밟고

그 경계를 향해 여행했다　　　　——「푸른 직육면체」에서

　시인이 꿈꾸는 "푸른 직육면체의 공간"이란 무엇인가.
쓰레기 같은 인간들은 단 하루도 살 수 없을 만큼 순결
하고 적막한 그 공간은 시인만이 만들 수 있는 절대 세
계이다. '푸른 직육면체'를 만드는 힘은 시인 자신에게
주어진다. 그는 직육면체를 바라보는 자신이 권능적인
존재로 상승하기를 기도한다. '유일한 자'만이 시간과
빛이 정지한 절대의 공간을 만든다. 결국 시인이 꿈꾸고
갈망하는 '새로운 건축물'이란 '단독자' '영원자'로 상
승된 자아만이 설계할 수 있다. 문명에 대상화되어 있는

수동적 개체는 이토록 신성하면서도 불온한 꿈을 꿀 수 없다. 관습화한 문명을 앞질러 절대적 존재로서 전위에 서기를 기도하는 자만이 "허공을 오르는 무한한 계단"을 밟을 수 있다.

함성호는 무료하고 권태로운 언어 놀이를 극단화하는 모더니스트의 방법적 실험과, 기억을 신성화함으로써 분열된 세계에 맞서려는 정신적 투쟁을 동시에 밀고 나간다. 함축적 시어를 의도적으로 거부하는 전략은 "모든 콘텍스트는 모든 텍스트의 돌발성에 의지한다는 것이다. 따라서 '절제된 시어'라는 고정관념은, 나에게 있어서는 일종의 마이너스적 과잉에 지나지 않는다"라는 시인 자신의 고백에서도 잘 드러난다. 그러나 본질적으로 함성호 시의 산문적 진술은 미적인 언어 유희보다는 파괴와 전위를 갈망하는 시인 자신의 심리적 충동을 우위에 둔다. 화려한 장광설 뒤에 숨은 전위 예술가의 욕망은, 주체의 내면에 자리한 신성한 기억들을 호출함으로써 출구를 찾는다. 목단화가 울창한 울타리, 붉은 기와, 솔숲에서 들려오던 굿거리 장단, 짙푸르던 낙산 바다, 이 모든 이미지는 황폐한 도시의 삶에 맞서는 것들이다. 전위의 꿈과 서정적 자연이 맞닥뜨리는 순간 시인이 지닌 기억의 화첩은 사뭇 아름다운 풍경을 펼쳐보인다.

봄이면 창부타령 ──음풍농월의 시절이라 진달래꽃 만발한 솔숲에서 지화자 여편 사내들 잦은 굿거리 장단에 綠·靑·紫 색 빛 속에서 저벅저벅 한세상 놀아나던, 어머니 하얀 코고무 신에 키 작은 제비꽃 미련도 없이 꺾여 하염없이 저버리던 淑

아, 봄이면 창부타령 꽃잎처럼 한세상 빈 찬합 들고 몽중설
몽, 소로대로, 헤매다. 취하다, 엎어지고 자빠지며 돌아오는
길 (인생은 그날이 꽃과 같았다) 꽃들은 피어 마른 수수깡벽
장마의 퀘퀘한 창호지 위에서 번식해가던 청록빛 곰팡이의 숨
막히는 무거움 그 집 울타리로 울창한 목단화와 일월 송학에,
이월 매조에, 칠월은 횡재수, 오월은 술 아니면 떡이라, 팔월
공산에 어느 임 만나 이 한시절 삼월에 산보하랴마는 淑아,
물고기같이 동그란 눈 뜨고 공장 갔던 누이가 눈맞아 돌아오
지 않던 그 길 (인생은 그날이 꽃과 같았다) 송진내 가득한
솔가지가 어느 산가의 폭설에 부러져내리고 내 어린 육신의
살집을 타고 울리던 징소리 징소리와 저 시린 겨울밤을 찢고
환한 마당에 날 서 있는 시퍼런 식칼의 울음 소리——인생은
그날이 꽃과 같아 단 한 번의 몰락으로 나는 죽은 뿌리의 욕
망을 알게 되었다 지화자, 내 가여운 풀씨들은 뿔뿔이 헤어져
갈 길을 모르고 비에 젖어 잎 지는 그 집 뒷마당의 속 빈 나
무, 저 고요한 날들의 쉼 없는 전쟁의 시절, 눈감으면 붉은
기와 위에 잡초 무성한 淑아, 봄이면 창부타령——, 인생은
그날이 꽃과 같아   ——「고향집, 폐허」 전문

　고향의 '폐허'는 삭막한 도시의 '폐허'와 다르다. 문
명의 '폐허'가 생명력이 소실된 죽음의 공간이라면 시인
의 내면에 들어앉은 고향의 '폐허'는 재생과 부활을 상
징하는 공간이다. 함성호에게 고향과 유년은 상상력의
기름을 무한정으로 공급해주는 광활한 유전이다. 아무리
퍼내도 고갈되지 않을 끊임없이 많은 이야기들이 함성호
의 추억 속에 보존되어 있다. 특히 가족사를 소재로 한

「바다가 보이는 극장으로 가는 유일한 길」이나 「죽음의 피크닉」「엄마야, 누나야」 등의 시는 어머니와 누이의 존재가 함성호의 시를 형성하는 원형질임을 알린다. 생활고에 시달리며 힘겨운 노동을 하는 어머니와 누이에 대한 애처로움과 그리움은 함성호의 시에 각별한 의미를 갖는다.

특히 이번 시집에서 주목할 부분은 어머니와 누이의 존재가 '꽃'의 이미지를 빌려 형상화된다는 점이다. 꽃은 함성호의 내면에 꿈틀거리는 순결한 유년인 동시에 지울 수 없는 어머니의 기억을 표상한다. 또한 꽃은 시인 자신이 욕망하는 불 같은 사랑을 암시하기도 한다. 시집 곳곳에서 변주되는 에로스적 사랑이나 여성 육체의 아름다움은 꽃을 통해 의미화된다. "물빛 설레는 꽃들"(「흐르는 몸」), "경계 없는 우주를 한 순간 밝혀놓던 화사한 봄꽃"(「구파발, 구파발행 마지막 열차」) 등 함성호의 시에 묘사되는 꽃들은 긍정적인 희망과 사랑을 표상한다. 황폐화된 세계에서 새로운 생명을 움틔우려는 시인의 꿈은 꽃이라는 매개물을 통해 발현된다. "붉은 아기를 안고 가는 풀꽃 같은 여자"(「흐르는 몸」)라는 시구는 '붉은 아기'와 '풀꽃'을 통해 생명의 싱싱함과 여성적 육체의 아름다움을 찬탄하고 있다. 이렇듯 함성호의 시에 드러난 꽃은 어머니·누이의 존재와 결합되어 관능과 사랑, 건강한 생명력과 모성적 포용력 등의 다채로운 의미를 확보한다.

어머니와 누이 — 여성의 존재가 '바다' '꽃'의 이미지와 어울려 세상을 껴안는 모성성의 의미를 지닌다면 아버지 ─ 남성의 존재는 생명의 씨를 부조리한 현실에 내던진 '슬픈 도둑'으로 의미매김된다. 시인은 자신의 탄생을 신화적으로 해석하는 한 대목에서 "아버지의 죄를 대속하기 위해서 가장 낮게 엎드려왔던 것"이라고 말한다. 이때의 아버지는 인간 존재의 기원을 설명해주는 '신'을 상징한다. 동시에 아버지는 현실 사회를 지탱하는 법과 제도, 장치, 국가, 문명, 사회의 의미로도 읽힌다. 결국 아버지의 제도적 질서를 벗어나 시인이 염원하고 동경하는 곳은 어머니, 즉 여성의 품이다. 어머니의 가슴은 시인의 마음 깊숙이 감추어진 "무덤 하나"이며 "참 아름다운 세계"(「바다가 보이는 극장으로 가는 유일한 길」)이다.

백목련 피는 날에 그 저승꽃 같은 낙장을 보았다─나의 살던 고향은 꽃피는 바다─끗발을 주고받는 투전판의 마지막 던져진 꽃패처럼 벗이여, 우리는, 서로, 헛되이, 희망을 얻는 거다 그런 섬광 같은 나날들의 샛노란 산수유와 홀로, 들, 서로, 울창한 봄꽃들 옆에서 노름에 지친 벗이여, 그대 첨잔에 실린 이 한세상만큼의 무게; 저 꽃 잎잎의 투명한 희고 붉은 귓밥에 실려 내 삶 이르도록 닿지 못하는 먼데로 가야지 나는 꽃 지천인 소로를 따라 그 산 내려오면 종묘 어디쯤, 빛나는 바다 낙산 바다 어디쯤 나는 선잠에 취해 다시 무릎을 꺾고 저 산 며느리 내놓는 따가운 봄볕 오염의 강물 위로 하얗게 자신을 내어 말리는 강돌들은 어느 유적지의 슬픈 유골 같아 혹, 꽃은 피고 산은 열려 깊은 물의 몸이 나를 일깨우는 저녁 　　　　　　　　　　　─「워낭, 혹은 어리」에서

꽃과 바다가 어우러져 애잔한 정경을 연출하는 위의
시는 색채에서도 ‘붉은’ ‘샛노란’과 같은 선명한 심상을
투사한다. 꽃과 바다가 상징하는 서정의 자연 세계는 철
근·유리가 상징하는 딱딱하고 황폐한 도시 세계와 대조
되어 나타난다. 시인이 도달하려는 바다는 현실의 일상
이 결여한 영원과 원초의 세계를 의미한다. 그러나 시적
자아는 그토록 아름답고 꿈길 같은 세계가 실제로는 도
달할 수 없는 ‘먼 길’임을 자각한다. 울창한 봄꽃이 만
발한 고향 바다는 현재의 황막한 삶을 견디게 해줄 수
있을지언정 현실 그 자체로 존재할 수 있는 것이 아니
다. 기억은 어디까지나 과거의 것이며, 현재의 삶에서
재현되기 불가능하다. 시인은 그것을 알기에 “꿈속을 가
도 끝내 이르지 않는 길 나, 못 가고 마는, 나, 안 가고
마는”(「워낭, 혹은 어리」)이라고 중얼거린다.

신성화된 기억은 일상의 사막을 견디게 해주지만 상대
적으로 삶과 이상의 간극을 확인시킴으로써 생에 대한
비애를 심화하기도 한다. “내 삶 이르도록 닿지 못하는
먼데”를 향한 끊임없는 동경과 갈망은 현실적인 ‘몸’이
넘지 못하는 경계를 아프게 일깨운다. 물질 문명의 악마
성을 상쇄하기에 유년의 마당은 너무도 순결하고 적막한
공간이다. 시인은 자신을 누르는 현세적인 ‘삶의 어리’
도 혹은 끊임없이 유혹의 미소를 보내는 ‘죽음의 워낭’
도 쉽사리 벗지 못한다. 피폐한 인공 낙원의 삶과 원초
적 고향 사이에서 고민하는 시인의 모습은 ‘몸’을 소재
로 한 일련의 시들에서 정직하게 표출된다. 물론 이번

시집에 묶인 시들을 놓고 볼 때, 이처럼 시인 자신의 현
재적 삶이 야기하는 실존적 욕망을 노래하는 시들은 많
지 않다. 그러나 문명을 비판하는 전위적 감성의 시와,
원초적인 자연을 갈망하는 시 사이에 위치해 있는 이러
한 시들의 존재야말로 함성호가 앞으로 모색해갈 시적
방향을 가늠하는 중요한 단서가 된다. 아래의 시는 시인
이 꿈꾸는 세계와의 소통 방식이 '나의 몸'과 '타자의
몸'이 합치되는 상상을 통해 이루어짐을 보여준다.

거울 속에 저렇듯 추운 겨울이 있다
죽은 고목의 음습한 뿌리처럼
나는 언제나 악몽 속에 있었음을
내 환청의 귓속에 낙산의 물을 길어
그 붉은 꽃 피워다오
입을 열면 꽃의 뿌리가 만발하여
천지 사방 눈이 모자란 꽃의 격랑 속으로
나는 고독 속으로 들어가 먹는다
높은 하늘에서 더 넓은 바다를 보리라고
상상하지 마라
내 항문에 아름답게 핀 꽃
그 꽃이 다 해질 때까지
너의 귀는 늘 나를 향해 피어 있다
먹는 꽃, 피꽃, 살꽃으로
내 목소리에서 떨리는 너의 음성
네 머리를 꽃으로 패주고 싶다
꽃산을 삼키는, 일어서는 남색 바다의 식욕

샛노란 꽃잎 가득
내 사막 같은 입을 막아다오
홍몽중을 부감하는 나의 난시는
꿈속에서도 편두통을 앓았다
(꽃을 헤치면 강이 나오지)
(그 강은 곧 나를 헤엄쳐올 거야)
내 속에서 열린 너의 입술로 말해다오
내 항문으로 어느 꽃이 들어와 나를 만질 때
나는 걷고 싶네, 불과 물의 그늘 밑을
　　　　　　　　——「내 안에다 너를 저장한다」 전문

　시에 나타난 꽃은 타자와 한 몸을 이루기를 갈구하는
시인의 의지를 상징한다. 여기서 꽃은 다른 시들에서 나
타난 부활과 사랑의 의미를 뛰어넘어 타자와 나, 세계와
나의 관계를 생각하게 하는 매개물로 확장한다. ‘나’와
‘너’는 한 몸이다. ‘나’와 ‘너’를 한 몸으로 사유하게 하
는 것은 꽃이다. 내가 입을 벌려 꽃을 먹는 것은 몸 속
에 꽃을 피우기 위함이다. 몸 속에 피어오른 꽃은 ‘나’
이면서 ‘너’가 된다. 내가 꽃이 되는 것, 내 몸 속에 꽃
을 피우는 것은 곧 내 안에 너를 ‘저장하게’ 되는 것이
다. 이제 꽃이 암시하는 관능과 에로스는 타자와 나, 나
아가서 세계와 나의 한 몸 됨을 상징하게 된다. 항문에
서 꽃이 피고 입 속에서 꽃의 뿌리가 뻗어나온다는 시인
의 기괴한 상상력은 ‘몸’을 통해 세계와 연결되려는 의
지를 품고 있다. “무성하던 숲의 기억과/번성한 어느 한
날 사막의 불처럼/춤을 추네/저 일어서는 검은 물/나

144

그대의 몸 속 환한 자리에서/길 가는 검은 물소의 눈동자처럼/또, 한, 세계를 본다/내 정든 육신에 깃들인 다른 육체를"(「푸나의 여인」)에서 드러나듯 타자의 몸과 나의 몸을 일체화하는 상상력은 단절된 세계를 향한 시인의 소통 욕망을 표현한다.

'불결한' 현대에 맞서 '신성한' 공간을 설계하려는 함성호의 시적인 분투는 유년에 대한 원초적 그리움을 담은 아름다운 시들을 생성하였다. 그러나 그 서럽고 눈물나는 사랑의 세계가 현재의 삶으로 튼튼하게 구축된 것은 아니다. 함성호의 내면에 존재하는 서정적 세계는 "존재하지 않는 땅"을 향한 시인의 열망을 담아내는 '열려진' 미완의 공간으로 위치해 있다. 때문에 유년과 고향의 아름다운 세계가 그가 설계하는 새로운 공간의 결정체라고는 단정할 수 없다. 시인은 현대성을 향한 탐닉과 절망의 신호를 거듭 보내면서 '슬픈 육신'이 매여 있는 비극적 세계를 여전히 주시한다

무엇보다도 함성호가 스스로에게 부여한 전위 예술가의 사명감은 자신의 시가 고향과 신화의 세계에 안착하는 것을 끊임없이 저지하고 있다. 시인은 자신을 잡아당기는 서정적 세계의 아름다움을 인지하지만 동시에 야만적인 문명의 징후에 대한 호기심에 매혹당한다. 아마 근대가 제시했던 멋진 신세계에 대한 환영을 시인 자신 또한 꿈꾸었을 것이다. 시인은 "아름다운 음악과 산해진미를 맛보며 마약과 섹스로" "즐거운 생을 노래"(「카필라바스투의 동문」)하자는 세기말의 유혹을 정직하게 응시한다. 모든 것을 환락과 망각으로 돌리려는 불길한 유혹과

충동이야말로 문명의 첨단에 서려는 전위가 감당해야 하는 욕망이다. 시인은 야만의 도시를 탈출하여 절대적이고 신성한 공간으로 나아가기를 열망하지만 자신을 충동질하는 전위의 욕망이 글쓰기의 '어리'이자 '화두'임을 되새기고 있다.

현대 문명의 '아름다운 폐허' 위에서 함성호의 시가 구축하는 '신성한 기억'들은 무한한 공간을 향해 열려 있는 생성 도중의 것이라고 할 수 있다. 시인은 '존재하지 않는 땅'을 찾아 계속 이동한다. 그가 호출하는 내면의 기억들도 '바람'과 '물'처럼 흐르고 변화한다. 그러한 맥락에서 "모든 길들이 나를 부른다"(「모든 길들이 나를 부른다」)라는 시구는 수많은 길을 향해 열려 있는 함성호 시의 가능성을 상징하는 의미심장한 것이다. 시인은 모든 길들이 자신을 부른다고 이야기한다. 그러나 정확히 말하자면 길들을 부르는 것은 시인 자신이다. 새로움에 대한 끊이지 않는 매혹과 동경은 시인을 영원한 여행자로 만든다. 지금 이 순간도 우리는 '무수한 길'들을 부르는 시인의 노래를 듣고 있다. "나는 산개해 있다 / 나는 무수한 길 위에서 / 있었고, 맥락 없이 / 존재했다 나는 이끌렸고 / 소금처럼 굳어버렸다 / 결정의 빛은 / 언제나 / 아름다웠다"(「상상의 몸」)